妹の引き立て役だった私が冷酷辺境伯に嫁いだ結果
天然魔女は彼の偏愛に気づかない

櫻田りん
Rin Sakurada Presents

fairy kiss

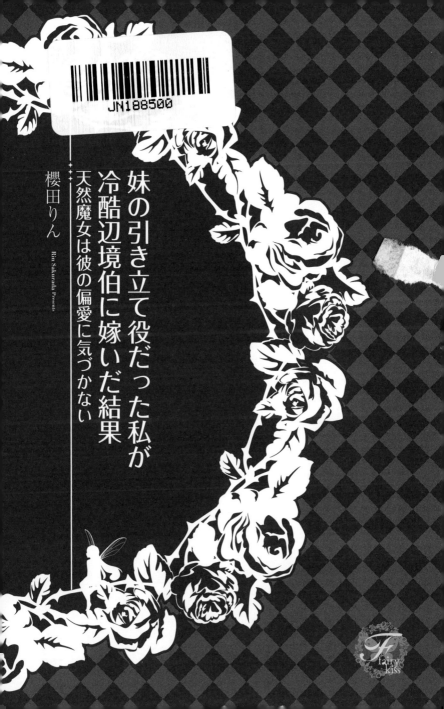

この作品はフィクションです。
実際の人物・団体・事件などに一切関係ありません。

妹の引き立て役だった私が冷酷辺境伯に嫁いだ結果

天然魔女は彼の偏愛に気づかない

第一章

「メロリー、君はどうしてそんなに可愛《かわい》いんだ？」

新薬の毒見はいつも緊張する。

何故《なぜ》なら、効果も副作用も分からないからだ。

ある程度予想できることもあるが、これまで使ったことのない薬草を使用した場合はその限りではない。

——そう、今も。

世界でまだ誰も飲んだことのないメロリーの新薬は絶対に私が飲むんだ！　と言って聞かないのは、婚約者であるロイド・カインバーク辺境伯。

サファイアのような涼しげな碧《あお》い瞳に、闇夜のような漆黒の髪を持つ美丈夫だ。

そんな彼が飲んだ薬には、果たしてどのような効果と副作用があるのだろう。

薬の作り手であり、そして魔女であるメロリーは、じっとロイドを観察する。

「ロイド様、薬を飲んでから何か変わったことはありませんか？　匂いに敏感になるとか、肩の疲れが取れたとか。もしくは体が痒《かゆ》いとか、爪が伸びてるとか」

「いや、今のところ全く。とにかくメロリーが可愛い。……それと、良い匂いだ」

いきなり距離を詰め、ロイドは首筋に鼻を近付けてくんくんと匂いを嗅《か》いでくる。

「ロ、ロイド様、何を……!?」

恥ずかしさのあまり後ろに避けたメロリーだったが、調合室の壁のひんやり感を背中に感じ、もう逃げ場がないことを悟った。

ロイドの両手がメロリーの顔を挟むように壁に置かれる。

「あの、ロイド様、新薬の効果を知るために、色々と質問をしたいのですが、この体勢は一体……?」

「天使のように可愛いメロリーを捕まえておくためだ。……ああ、本当に可愛いな。絹のような髪もルビーのような瞳も、小鳥のような可憐《かれん》な声も、私を誘惑してならない、小ぶりで妖艶《ようえん》な唇も……」

「!?」

ロイドの片手がそっとメロリーの顎《あご》に伸ばされ、優しい手つきで上を向かされる。

慣れない行為に、メロリーはところどころ薬草の汁で汚れた白いエプロンを、ギュッと握りしめた。

こちらを見下ろす空のような碧い瞳は美しく、つい吸い込まれそうだなんて思ってしまうが、今は見惚《みほ》れている場合ではない。

「あっ、もしかしたら、この新薬の効果は、目の前にいる人物を褒めたくて仕方ないというものかもしれません！」

天使だ、小鳥だ、妖艶だなどと、出来損ないの魔女の自分には似合わない言葉ばかりだ。

きっとそうに違いないと確信を持ったメロリーだったが、目の前のロイドはきょとんと目を丸くした。

「……いや、私がメロリーのことを褒める……というか、可愛くて仕方がないと思うのは常にだが」

「えっ、可愛い？　常に？　いえ、それは一旦置いておいて……じゃあ、この薬の効果と副作用は一体……⁉」

人を壁際に追い込みたくなる薬だろうか。顎をクイッとしたくなる薬だろうか。それとも、これらは全て副作用で、何かしらの別の効果が現れているのだろうか？

「ロイド様、もう少し観察しても？」

「もちろん。メロリーが作った薬を飲んで、メロリーにこんなにも見つめてもらえるなんて、最高に幸せだ」

恍惚《こうこつ》とした笑みを浮かべるロイドに、メロリーは「な、なるほど……？」と困ったように眉尻を下げた。

◇　◇　◇

時は一ヶ月ほど遡《さかのぼ》る。

「喜べメロリー。お前のような出来損ないに縁談が来た」

シュテルダム邸の一室。

高圧的な態度でそう言ったのは、ここシュテルダム伯爵家の当主――メロリーの父だった。

メロリーはそんな馬鹿な、と口をあんぐりと開ける。

母と妹のラリアがそんな彼女を嘲笑《あざわら》う。

驚いたり、困惑したりしている様子がないことから、二人とも既に縁談の件は聞き及んでいるようだ。

「ちなみにお相手はどなたでしょう？」

「国防の要《かなめ》を担っている辺境伯――ロイド・カインバーク辺境伯様だ！　約三年にもわたる隣国との戦争の勝利の立役者がお前なんぞに縁談を申し込むとは。魔女のくせに役に立たない薬しか作れんお前には勿体《もったい》ないお方だ」

どうしてそんな方が私に縁談を？　とメロリーが疑問に思っていると、ラリアが「まあっ！」と言って笑い始めた。

「確か、その方には数年前にこんな噂《うわさ》が流れていたはずよ？　幼子しか愛せず、幼女を囲っている『変態辺境伯』だって！　メロリーお姉様がさすがにお気の毒だわぁ。可哀想に～」

「ラリアったら、こんな出来損ないに同情してあげるなんて……。さすが我が家の天使は優しいわねぇ」

ふわりとしたロングヘアーのプラチナブロンド。

ぱっちりとした大きな目に、まつ毛なんて頰《ほお》に影を落とすほどに長い。

実の姉であるメロリーから見ても、ラリアは美しかった。

その見た目と、出来損ない魔女であるメロリーにさえ心優しく接する言動から、ラリアは社交界で『麗しの天使』なんて呼ばれている。

（まあ、ラリアが私に優しいっていうのは、違うんだけど）

可哀想に、とラリアは言うが、蔑《さげす》む色を隠し切れていない。

しかし両親はラリアのことを溺愛《できあい》しているので、そのことに気が付かないようだった。

いや、実際には気付いているのかもしれないが、大したことではないのだろう。

「何故私に、辺境伯様から縁談が来たのか、お聞きしても？」

「書状には天使のようなメロリー嬢とぜひ結婚したいと書いてある」

「え？　天使？」

「ふははははっ！　馬鹿なお方だ！　お前が天使などと。どうやらラリアと勘違いしているらしい！

ラリアの引き立て役のお前がっ、天使だと……！　ぶぶぶっ！」

唾《つば》を撒き散らすような汚らしい笑い方をする父に続いて、母とラリアもクスクスと笑みを零す。

対してメロリーは、言われ慣れた誹《そし》りには一切反応しなかった。

この家においてメロリーは、役立たずの薬しか作れない出来損ないの魔女で、麗しの天使と呼ばれるラリアの引き立て役でしかないのだから。

（それにしても、私とラリアを勘違いするだなんて、辺境伯様はおっちょこちょいなのね。……で

も、このまま勘違いをさせたままで大丈夫なのかな？）

いくら相手の間違いだとはいえ、勘違いを指摘しなかったことを追及されるかもしれない。もし慰謝料を請求されても、払えっこないのは目に見えている。

父の見栄っ張りな性格と、母と妹の散財のせいで、我が家の財政には余裕がない。先日帳簿を盗み見たメロリーはそれを知っていたのだ。

「勘違いだとはお伝えしないのですか？」

「当たり前だ。メロリーというのがお前だと知らせたら、この縁談はなかったことにされる。辺境伯家は国に貢献している分、多額の金を持っているからな。支度金も既に用意してあると書いてある。……多少財政が不安定な我が家には、まさに渡りに船なのだ」

多少、ではないだろう。しかし、それをメロリーが指摘することはなかった。

言ったところで生意気な！　と叱責が返ってくることは目に見えているからだ。

「でも、求婚相手が本当はラリアだと正直にお伝えした方が、問題は起こらないと思いますが」

「馬鹿者！　『変態辺境伯』と噂の男のもとへ可愛いラリアを嫁がせられるわけがないだろう！ハァ……なんと冷たい魔女だ……お前は妹を思いやることさえできないのか？」

つまり、メロリーならばどんな男のもとに嫁いでも構わないということらしい。

一切愛されていないことは分かっていたけれど、それでもメロリーの心はチクリと痛んだ。

せめて家のために嫁いでくれと、その一言があったならば、気持ちの持ちようは違ったはずなのに。

（けれど、仕方がないのかもしれない）

——何故ならメロリーは、数百年前に絶滅したはずの魔女の先祖返りで、『出来損ないの魔女』なのだから。

メロリーは両親とラリアに向かって、できるだけ穏やかな笑みを浮かべた。

「分かりました。私メロリー・シュテルダムは、ロイド・カインバーク辺境伯様のもとへ嫁ぎます。今までお世話になりました」

メロリーは深く頭を下げながら、肩をふるふると震わせた。

両親とラリアはメロリーが泣くのを堪《こら》えているのだろうとほくそ笑んでいたが、実際はそうではなかった。

（——さて、と。落ち込むのはこれで終わり！　色々準備しなくちゃ！）

いくら相手が『変態辺境伯』と呼ばれていようと、幼子が好みなら自分は対象外だろうし、大きな問題ではない。

このまま家にいて、家族から罵倒《ばとう》されるのも、ラリアの引き立て役にしかなれないのも嫌だった。

嫁いでから大変なことだってあるかもしれないけれど、この家を出ることができるならその方が幸せだと思ったのだ。

——それに何より、メロリーは魔女として、薬を調合することが大好きだったから。

（新たな土地に行けば違った素材が集められる！　今度はどんな薬を作ろうかな。鼻が痒くなるけれど少しの時間視力が良くなる薬や、あくびが出るけれどお腹《なか》が痛くならない薬なんかはもう作ったし、次は何にしよう!　……とにかく楽しみ!)

――この時、メロリーの家族たちは知らなかった。

『出来損ない』と罵《ののし》られたメロリーが作る『役に立たない薬』が、本当はどれだけ貴重だったかということを。

第二章

婚約の話が出てから一週間が経《た》ち、辺境伯領に向かう日。

メロリーは昨日のうちに掃除し終えた離れを眺めながら、これまでの日々を思い返した。

「この部屋とお別れなんて、不思議な気分……」

十八年前。

メロリーはシュテルダム家の長女として生を受けたが、ずっと家族が住む屋敷とは別の離れで暮らしていた。

まるでルビーを埋め込まれたような真っ赤で不気味な瞳と、真っ白な髪の毛が原因だった。

その二つは、数百年前に絶滅したはずの魔女の特徴にピッタリ当てはまっていたのだ。

シュテルダム家の血筋にはその昔、魔女が実在したらしい。

そのため、メロリーが魔女の先祖返りであることは容易《たやす》く推測できたようだ。

『とにかく！　一旦はこの事実を隠さなければ……！』

メロリーは生まれてすぐ、両親の手によって母屋《おもや》から離れに移され、そこでちょうど乳母《うば》として働き口を探していた女性と二人で暮らすことになった。

このレイモンド王国において、魔女のイメージはすこぶる悪かったからだ。

かつては、人を攫《さら》ったり、呪ったりする存在だと言われていたらしい。

数百年のうちにその存在は忘れ去られようとしているが、『魔女』のイメージが変わるわけではない。現在でも魔女は人々に忌み嫌われていた。

それなのにメロリーを孤児院に任せたり、売り飛ばしたりしなかったのは、とある文献で魔女だけが作れる秘薬があるという言い伝えを見つけたからだった。

誰もが欲しがるような秘薬を作り出すことができれば金になると考えた両親は、メロリーの存在を外部から隠し、金になる薬を量産させようと考えていたのだが……。

「残念ながら、私には両親が望むような魔女の秘薬なんて作れなかったのよね」

メロリーに物心がついた頃《ころ》、両親は調合器具や調合に必要な素材、専門書などを用意してくれた。

どうやら、八歳になると魔女の力は開花し、秘薬が調合できるようになると例の文献に書いてあったようで、その日までに調合器具の扱いや、調合自体に慣れておけという意図だったらしい。

メロリーは両親の役に立ちたい一心で、必死に独学で調合技術を学んだ。両親に愛されない悲しみに加えて、食事や生活用品は必要最低限で、貧しく辛《つら》い日々だったけれど、魔女に対して偏見を持たない乳母のおかげで、毎日楽しく過ごせた。

けれど、八歳の誕生日を迎えた日。

両親はメロリーに不老不死の薬や惚れ薬、呪い薬など、この世界の常識では考えられないような薬を作るようせっついたが、上手《うま》くいかなかった。

メロリーが作る薬は、両親にとって『役に立たない薬』ばかりだったのだ。

それは月単位、年単位で修業しても変わることはなかった。

魔女のくせに大して役に立たない薬しか作れないメロリーは、両親にとって家の評判を下げるだけの疎《うと》ましい存在になった。

しかも、解雇した使用人により、メロリーが魔女であることが外部にバレてしまうという事件も起こった。

『お前は出来損ないの魔女として表に出ろ。ラリアが社交界でより輝きを放てるように引き立て役として生きてもらう』

そうしてメロリーが十歳になる頃には、社交界ではラリアの引き立て役として振る舞い、家では使用人以下の暮らしをするようになった。

唯一心の支えだった乳母も解雇され、社交界では蔑まれ、屋敷に戻れば粗末な扱いを受け……。

「それでも、調合をしている時間だけは楽しかった」

救いは、メロリーが心の底から調合を楽しめていたこと。

初めは両親に好かれるためだったけれど、日に日に調合の楽しさにのめり込んでいった。

「そろそろ時間かな。忘れ物だけはないように気をつけて、と」

破れては縫ってを繰り返したお仕着せとも今日でおさらばだ。

唯一持っていた破れていないドレスを着たメロリーは、そっと離れにお仕着せを置く。

「何にせよ、辺境伯様に会ったらすぐに謝らなきゃ。どうせ黙っていたって、私が麗しの天使じゃなくて魔女だってことは、見た目で分かるだろうし」

その後どうなるかは、流れに身を任せるしかない。なるようになれ、だ。

そもそも相手の間違いが原因なのだから、少なくともメロリーの命が危うくなることはないだろう。


「迎えの馬車が到着しました」

「あっ、もう来たのね。ありがとう」

使用人が離れの外から連絡をくれたため、メロリーはフード付きの羽織を纏《まと》い、その場をあとにした。

最低限の身の回りのもの、乳鉢や空の薬瓶、草木の辞典に専門書、今まで書き留めた薬のレシピ集、既に作製済みの薬を持って馬車に乗り込む。


しかし、そのすぐ後のこと。

乗車の際に御者から憐《あわれ》みの目を向けられながら言われた言葉に、メロリーは頭を悩ませていた。

「冷酷辺境伯のもとに行くなんて可哀想に、か……」

メロリーはここ数年、ラリアの引き立て役として社交場に出席していたものの、貴族についてあまり詳しくなかった。

もちろん、婚約者であるロイド・カインバークのこともだ。

彼について知っていることといえば、戦勝の立役者であることと、潤沢《じゅんたく》な資金があること、幼い子を好み、変態辺境伯と呼ばれていることくらい。

「まさか、変態でもあり、冷酷でもあるの……？」

変態の噂に関しては、自分に被害がないならまあいいかと思っていた。

その上、いくら好みでも幼子を囲うなんて非道なことを実行する人物はそうそういないのでは？と、どこかで高をくくっていたのだが……。

「変態で冷酷だなんて、もしかしたら本当に子どもたちが閉じ込められているかも……」

ロイドが冷酷であることは御者にちらっと聞いただけだが、彼の表情や重たい声からして、あり得ない話とも思えなかった。

「それに、ひょっとしたら私がラリアじゃないことがバレたら殺されてしまうんじゃ……!? ど、どうしましょう……」

魔女のメロリーを誰かが助けてくれるとは思えないし、普通に戦ったら、どうやったって勝てない。

「辺境伯領に着くまであと三日……逃げるのに役立つ薬があるか、よーく確認しておかないと」

メロリーは馬車に揺られながら、気を引き締めた。

◇　◇　◇

——同時刻。

「し、し、し、失礼いたします……！」

カインバーク辺境伯邸の応接室から、顔を真っ青にした男が出てくる。

バタンと扉が閉まると同時に、当主であるロイドはソファに座ったまま何食わぬ顔で紅茶を手に取る。

対して、ロイドの側近であるアクシスはソファの横で目と眉を吊り上げていた。

「何なの、さっきの奴《やつ》！　陛下の遣いで来たくせにあんなにあからさまに怯《おび》えてさ」

「アクシス、うるさいぞ。あと唾を飛ばすな」

「ロイドは嫌じゃないわけ⁉　冷酷辺境伯って噂を鵜《う》呑《の》みにされて、あんな態度を取られて……その上、あいつ逃げるようにしてこの部屋から出ていったんだよ⁉　陛下にはもっとまともな人を遣いに寄越してほしいもんだよ！」

ハァハァ……と乱れた息を整えながら、アクシスはものすごい剣幕でロイドを見つめたが、当の本人は涼しい顔をしていた。

「そう怒るな。私が冷酷辺境伯だと噂されるようになったのなんて、昨日今日の話じゃないだろう。あれぐらいさっさと慣れろ。私は気にしていない」

「そうは言っても、あんな態度されていい気はしないじゃんか」

「まあ、それはそうだが。……そんなことよりも、あと三日だぞ、アクシス」

「は？　何が？」

こてんと小首を傾げたアクシスを見て、ロイドは紅茶の入ったカップを置き、勢い良く立ち上がった。

「お前……俺の側近になってもう何年になる？　三日後といえば、天使のメロリーが我が辺境伯領に着く日じゃないか！」

「あーそうだったね、ごめんごめん」

　適当に謝罪するアクシスにロイドは一瞬イラッとしたが、メロリーのことを頭に思い浮かべたら、自然と頬が緩んだ。

「ああ、早く会いたいな、メロリー……」

　綿菓子のような甘い甘いその声に、アクシスはため息を一つ零した。

◇　◇　◇

　メロリーが馬車に揺られること三日。

　御者に到着の知らせを受け、馬車を降りた彼女の視界に映ったのは、シュテルダム邸の優に三倍はある大きな屋敷だった。

　外観だけでも、家族が言っていたように豊かな家であることが分かる。

（ここがカインバーク邸……。大きい……。確かにこれなら、子どもを何人囲っても手狭じゃないかも）

　婚約者であるロイド・カインバークの噂のことを考え、メロリーは青ざめた。

（私は十八歳だから、辺境伯様が幼女好きの変態でも関係ないけれど、噂が本当なら囲われている女の子たちが可哀想じゃない……！）

ここまでの道中、メロリーはロイドが噂通りの冷酷人間だった時のことを考えて、何度も脳内で逃げる方法をシミュレーションした。

その他に、やっと家から抜け出せたことを喜び、新たな地で手に入るだろうまだ見ぬ素材のことを想像してわくわくしたりもした。

けれど、その度に囲われているかもしれない子どもたちのことが頭に浮かんだ。

毎日泣いているのだろうか、酷いことはされていないだろうか、食べ物はちゃんと与えられているだろうか、と。

——私はどうすればいい？

メロリーは、役立たずの薬しか作れない、出来損ないの魔女だ。

自分にできることなんてたかが知れていることは、誰よりも分かっているつもりだ。

けれど……。

（噂が本当なら助けなきゃ——）

メロリーは屋敷を見つめながら、ぐっと拳を握る。

（でも、どうやって助けたらいいんだろう。この屋敷の間取りも知らないし、子どもたちがどこにいるかも分からないし……）

それに今手元にあるのは、一時的に八重歯になる代わりに少しだけ足が速くなる薬に、語尾に『るん！』がつくけれどトイレの間隔が長くなる薬、少し嗅覚《きゅうかく》が鈍《にぶ》るけれどしばらく爪が伸びない薬などなど……。

確実に子どもたちを救い出せるような画期的なものはなく、しかも薬には多少の副作用がある。自分は本当に出来損ないなのだなぁ、と改めて思い知らされた。

（ま、噂が嘘《うそ》の可能性も十分あるから、警戒だけして、その時考えましょ！）

うんうんと頷《うなず》いたメロリーは、屋敷から少し離れた建物を視界に捉《とら》えた。

小さな離れのように見える。

メロリーが十八年間暮らしていたのと同じような造りのそれは、子どもを囲うにはぴったりだ。

（これは……確認が必要ね！）

幸い、現在門に警備の者はいない。

予定よりも少し早めに着いたので、御者も屋敷の者に到着を伝えるために裏口へと向かっており、メロリーの行動を制限する者はここにはいなかった。

「それなら、少しの時間だけお猿さんの動きができるようになる薬の出番ね！　副作用で少しだけ小指の爪が伸びるけれど、大したことないものね！」

メロリーは鞄《かばん》から薬の入った小瓶を取り出し、それを一気に飲み干した。

「相変わらず独特で癖になる味ね……。さて、行きましょう！」

メロリーはすぐそこの木に猿のような動きで登ると、ぴょんっと塀を飛び越え、敷地内への侵入に成功する。

離れまで急いで走るうちに、薬の効果が切れていくのを感じた。薬によって効果時間はまちまちだが、この薬はほんの短時間しか効かないのだ。

「……よし、入ろう」

緊張しながらも、メロリーは意を決して扉を開いた。

「あれ？」

しかし離れの中には子どもどころか人っこ一人いなかった。

良かったと安堵すると同時に、メロリーは離れに置かれているそれらに驚きを隠せなかった。

「どうしてここに、乳鉢やすり鉢、濾し器に薬瓶――薬を調合する道具が揃《そろ》ってるの？」

「誰だ」

「!?」

疑問を口にした瞬間、背後から冷たく鋭い男性の声が聞こえた。

メロリーもまずいことをしている自覚はあるので、全身にじんわりと汗をかきながら急いで振り向き、深く頭を下げた。

「申し訳ありません……！　その、これには理由が……！」

「メロリー嬢？」

「え？」

名前を呼ばれたことに驚いて顔を上げれば、目の前の男性は愛おしいものを見るような眼差しで微笑《ほほえ》んでいた。

「驚かせてすまない。私の名前はロイド・カインバーク。君に婚約を申し込んだ男だ」

「あ、貴方《あなた》が辺境伯様なのですか……⁉」

「ああ、そうだよ」

スッキリとした輪郭にサファイアを埋め込んだような切れ長の目、漆黒の髪に、整った鼻と形の良い口。

紡ぎ出された低い声は心地の好いもので威圧感はなく、穏やかさが滲《にじ》み出ている。

黒い軍服のような装いに包まれた身体《からだ》は肩幅も広く、がっしりしており、反対に手足は長くすらりとしていた。

（こ、こんなに格好良い人、見たことがない……！）

ラリアの引き立て役として何度も社交の場に出席したことはあるが、こんなに目が離せなくなる人に会うのは初めてだ。

目を丸くするメロリーに、ロイドはふっと微笑む。そしてメロリーの目の前まで来ると、床に跪《ひざまず》いた。

「メロリー嬢。ようこそ、辺境伯領へ」

そう言って、ロイドはメロリーの片手をそっと取り、その甲に唇を近付けた。

「へっ⁉」

これまで社交場でも貴族の男性たちにこのような挨拶をされたことがなかったメロリーは驚いた。

当然だ。魔女のメロリーにわざわざ触れる者などいない。

（もしや、私が魔女だって気付いてない……⁉）

フードで白い髪は多少隠れているが、赤い瞳はしっかりと見えているはず。あまり魔女について詳しくないのだろうか。

メロリーが頭を捻《ひね》っていると、ロイドは立ち上がり、口を開いた。

「君が到着したとの知らせを受けて出迎えに行こうとしたら、この離れから気配を感じたからここに来たんだが……。メロリー嬢はどうしてここに？」

そうだ、まずはその説明をしなければならない。

メロリーは先程までとは一転して、さあっと血の気が引くのを感じる。

（貴方が幼子を囲っていないか確認するために侵入しました……なんて、言えない！）

きょろきょろと、メロリーの視線は宙を泳ぐ。

（言い訳が上手くなる薬を作っておけば……！）

後悔してももう遅い。

メロリーは内心慌てふためきながらも、できるだけ平静を装い、カーテシーを披露した。

「は、初めまして。メロリー・シュテルダムと申します。この度は婚約のお申し出、馬車の手配等々、まことにありがとうございます。ここにいたのは、えーっと……」

乳母が解雇されてから、メロリーは誰かとまともな会話をしたことがほとんどなかった。家族や貴族たちに馬鹿にされることはあったが——

そのため、こういう場をさらっと切り抜ける術《すべ》など持っていなかったのだ。

（ど、どうしよう）

誰の目から見ても動揺しているメロリーの様子に、ロイドは困ったように笑った。

それから腰を屈め、メロリーに話しかける。

「大丈夫。何を言っても受け止めるから。考えていること教えてくれないか？」

「……っ」

いくら書面上では婚約者になったとはいえ、初対面の、それも不審者であるはずの自分に対してロイドは優しすぎやしないか。

（この人は、本当に冷酷なの……？　それとも、何か理由があるのかな？　もしかして私を油断させるためとか……でも、そうは見えないしなぁ）

そんな疑問を持ったものの、ここ数年、人の優しさに触れていなかった彼女の心にはロイドの言葉がじんわりと染み込んだ。

この優しさを無下にしたくないと考えたメロリーは、ぽつぽつと話し始めた。

「実は……」

『変態辺境伯』の噂が本当かどうか分からなかったので、念のために離れに子どもたちが囲われていないか調べようとしていたこと。

もしも子どもたちがいたら助けてあげようと思っていたこと。

冷酷という噂については、今は敢えて触れる必要はないだろうと言わなかった。

メロリーから理由を聞かされたロイドは、片手で目を押さえて天井を仰いだ。

「なりふり構わず子どもを助けようとするなんて……メロリー嬢は天使か……？」

「はい？」

自分に似合わない言葉に、メロリーは目を白黒とさせる。

（天使って言った？　……いや、聞き間違いよね）

そう自己完結を済ませたメロリーは、「失礼なことを言って申し訳ありません」と頭を下げた。

そんなメロリーの肩に優しく触れたロイドは、「顔を上げてくれ」と優しい声色で伝えた。

「私が一部で『変態辺境伯』と噂されているのは知っている。だが……どうか信じてほしい。その噂は全くの嘘なんだ」

「……！」

それからロイドは、自分が『変態辺境伯』と言われるようになった所以《ゆえん》を話してくれた。

彼はつい先日まで、三年にも及ぶ隣国との戦争に出ていたが、それ以前も度々国境を守るために前線に出ることがあったようだ。

その度に武功を立てるロイドを国王が大変気に入り、褒美《ほうび》に自分の娘である王女を婚約者にと薦めたらしい。

……そして、その王女というのが現在八歳。

二十一歳のロイドは丁重に断ったのだが、国王は自身が若い妻を娶《めと》ったこともあって、良かれと思って何度も婚約の話を勧めてくるらしい。命令してこないだけまだマシだとロイドは話す。

しかし、その話が歪曲《わいきょく》されて広まってしまい、ロイドが幼女しか愛せず、更には幼女を囲っているという噂が流れたらしい。

「そんなこととはつゆ知らず……本当に申し訳ありません！」

「気にしていないから大丈夫だよ。それに、周りにどう思われても構わないからと、噂をそのままにしていた私の責任でもあるから」

（許してくれるだけじゃなく、私が気に病まないようにそんなに優しい言葉をかけてくれるなんて……！）

ロイドの懐《ふところ》の深さに感動していると「どうやって離れに入ったんだい？」と彼に問いかけられた。

正門には鍵《かぎ》がかかっていたため、どのように屋敷の敷地内に侵入したのかを気にしているのだろう。

（それはそうよね。でも、そもそも……）

——ロイドはまだメロリーが魔女だということに気付いていないのだろうか。

メロリーはそんな疑問に駆られる。

しかし、姿を見せるのが手っ取り早いだろうとフードを取り、顔周りを完全に晒《さら》した。

「もしかしたらご存じないかもしれませんが、私は魔女です。過去に私が作った薬を使って、敷地内に侵入しました……。申し訳ありません」

ロイドは一体どういう反応を見せるだろう。

魔女だと分かって恐れるのか、嫌悪するのか、それともラリアではないことに驚くのか。

（何にせよ、優しそうな人だし、いきなり殴られたりは——）

メロリーがそう思っていると、ロイドは自身の口元を手で覆い隠した。

こちらがびっくりするくらいに、顔を真っ赤に染めながら。

「や、やはり天使だ……！」

「は、い？」

さすがに二回目の『天使』は、聞き間違いとは思えなかった。

（辺境伯様は天使について独特な概念を持ってるのかな？　……そうね。きっとそうよね！）

今回もまた自己完結したメロリーは、「あ！」と声を上げた。

一番大切なことを言うのを忘れていたからである。

「あの、辺境伯様――」

「ロイドと、そう呼んでくれないか？　私もメロリーと呼んでも？」

「それはもちろんですなのですが……。あの、ロイド様」

「何だい、メロリー。ああ、メロリー……。君に名前を呼ばれる日が来るなんて……」

感極まるロイドの姿を不思議だなぁと思いつつ、メロリーは疑問を口にした。

「私の妹にラリアという子がいます。美しく、社交界では『麗しの天使』と呼ばれています。確認なのですが、ロイド様はラリアとの婚姻がお望みだったのではないのですか？」

ロイドは一瞬口をぽかんと開けてから、目をカッと見開いた。

「それはない！　私はメロリーが良くて……君に妻になってほしくて、結婚を申し込んだんだ！」

「えっ」

「私がまだ幼い頃――いや、三年前からそう望んでいたが、先の戦争に出陣することになってそれは叶《かな》わなかった……！　断じて、勘違いなどではない！」

「分かりました……！　きちんと分かりました……！」

何か言いかけたことは気になったけれど、ロイドのあまりの勢いに、メロリーはコクコクと首を縦に振った。

「ん？　三年前から望んでいた？」

思ったことが口から出てしまったメロリーに、ロイドは落ち着いた声色で話し始めた。

「ああ、そうだ。私が戦争に向かう少し前、とある夜会でメロリーに出会ったんだ。体調を崩し、会場の外で休んでいた私に、メロリーが声をかけ、薬をくれたんだよ」

「あっ」

「思い出した？」

そう、あれはいつものようにラリアの引き立て役として出席した夜会だった。

自分の役目を全うしたメロリーは少し休もうと会場の外に出た際、目の下に隈《くま》を色濃く作り、ふらふらと歩く男性を見つけたのだ。

メロリーはその男性――ロイドのことを放っておけず、魔女であることで嫌悪されるかもと思いつつも、話しかけた。

そして、体調不良の原因は寝不足と疲労によるものだと話すロイドに、メロリーは手持ちの『一時的に肘《ひじ》がガサガサになるが寝不足を少しの間忘れる薬』と『しばらく声が高くなるが疲労が軽くなる薬』を渡したのだ。

魔女が作った薬は怖いだろうから、無理に飲まなくても構わないと一言添えて、その場を立ち去ったはず……。

「メロリー、あの時は本当にありがとう。君の薬のおかげで、本当に助かった」

「いえ、だって、私の薬は完全に体調を良くするものではないですし……！　副作用だって」

「そうだね。側近に声の高さを笑われたり、肘のガサつきには驚いたりもしたが……」

「……も、申し訳ありま――」

余計なことをしてしまったかもしれない。

謝罪しようとしたメロリーだったが、その声はロイドに遮《さえぎ》られた。

「だが、辺境伯として貴族たちの前で倒れるわけにはいかなかった私には、メロリーのくれた薬や、思いやりの気持ちが本当にありがたかった。……まるで奇跡の薬だったよ。名乗りもせず、見返りも求めず去っていくメロリーは、心優しき魔女であり、清らかな天使に見えたんだ」

「！」

当時のことをきっかけに、ロイドはメロリーとの結婚を熱望するようになったのだという。

だが出征が迫っていたことと、戦争前後の領地の仕事で多忙を極めていたことから、このタイミングでの縁談になったらしい。

「あの時、薬のことを説明するメロリーの目はとてもキラキラしていた。だから、薬を調合する部屋があったら喜んでくれるかもしれないと思って、この離れを用意したんだ」

「そ、そうだったんですね……」

好意的な瞳と信じられないほどの好待遇。そして目の前にいるのは、変態ではなく、今のところ冷酷さの欠片《かけら》さえ見えない眉目秀麗《びもくしゅうれい》の辺境伯。

まるで夢でも見ているのかという状況にメロリーは理解が追いつかないながらも、嬉《うれ》しいという感情だけは、徐々に胸に広がっていく。

魔女である自分を受け入れてくれたことはもちろん……。

(薬が役に立ったんだ……！　私の作った薬が！　人の役に立っただなんて嬉しい……！)

メロリーは初めての調合で、両親の期待に添うことができなかった。そこから調合を何度繰り返しても、両親が望むような薬は作れなかった。

文句を言われ、時には目の前でせっかく作った薬を捨てられたことだってある。

それでもメロリーが薬を作ることをやめなかったのは、単純に作る作業が楽しいから、新しい薬を生み出すことが楽しいからということの他に——自分が作った薬で、人を喜ばせたいという思いが強かったからだ。

(私の作った薬で誰かの役に立てることが、こんなに嬉しいなんて……！　あれ、でも……)

高い位置からじっと見つめてくるロイドの顔を、メロリーはよくよく見つめ返す。

あまりの情報の多さと、ロイドの容姿の美しさから気付いていなかったが、顔色が悪く、目の下に隈ができている気がする。

見たところ大きな怪我《けが》をしている様子はなく、三年前の姿が思い出された。

「あの、もしかして今日もお疲れでしょうか？」

失礼かとも思ったが、メロリーは思ったことをそのままに口にする。

ロイドは苦笑を浮かべた。

「戦争から戻ってきたばかりで、なかなか忙しくてな。部下たちも頑張ってくれているから、私はそれ以上に頑張らないといけない。……だから多少は仕方がな――」

「っ、でしたら！」

出会ったばかりのメロリーに、ロイドの仕事状況を四の五の言うことはできない。

直接彼を手伝えるような手腕がないことも自覚している。

けれどメロリーは、自分が作った薬に対し初めてありがとうと言ってくれたロイドの助けになりたかったのだ。

「今手持ちに『眠る時間が半分でも睡眠を確保できるけど、いっとき眉毛が薄くなる薬』や『目の疲れを取るけれど、空腹になりやすくなる薬』がありますので、良ければどうぞ！」

満面の笑みで手持ちの鞄から取り出した薬を手渡してくるメロリーに、ロイドは蕩《とろ》けるように微笑んだ。

「ああ、メロリー。やっぱり君は天使だ」

「えっ、いや、あのっ、私は魔女……」

間違いを正そうとしたメロリーだったが、まあいいかと深く気にすることはなかった。

(きっと、ロイド様は天使と言うのが癖なのね。それにしても、私が作る薬に惹《ひ》かれて結婚を申し出てくださるなんて！　なんて私は幸せ者なんでしょう！)

恋愛というものを全く知らないメロリーはこの時、ロイドが向けてくる感情が恋ではなく、薬を作った者への感謝と好意なのだと信じて疑わなかった。

大きな両手でそっと自身の手を包み込まれた彼女は、ロイドにつられるように微笑み返した。

第三章

それから少しして、まずは屋敷に入ろうとロイドに言われたことで、メロリーたちは離れから母屋に向かった。

「そういえば、一つ伝えておかないといけないことがある」

「何でしょう？」

屋敷に着くまでの僅《わず》かな間、メロリーに合わせてゆっくりと歩くロイドが申し訳なさそうに口を開いた。

「私個人としてはいつでも婚姻を結びたいのだが」

「はい」

「貴族の結婚には神殿への申請が必要でな。その申請が通るのに数ヶ月かかるだろうから、しばらくは婚約者という扱いでも構わないだろうか？」

「はい。むしろ婚約者という立場でお屋敷にお世話になってもよろしいのでしょうか？」

ロイドからの縁談を求める手紙には、できるだけ早くに屋敷に来てほしいと書いてあった。

両親は穀潰《ごくつぶ》しのメロリーを早く家から追い出したかったので、すぐにでも迎えを寄越してほしいと連絡し、手紙から一週間という怒濤《どとう》の早さでこの屋敷に来ることになったのだ。

（早く来てほしいと書いてあったから、すぐに入籍するのだと思っていたのだけれど……。結婚したら同じ屋敷に住むのは、この国では当たり前のことだし）

しかし、ロイドの話からするとそうではないらしい。

確認するメロリーに、ロイドは爽《さわ》やかな笑顔を向けてきた。

「もちろんだ。数ヶ月後にはここに住むのだから、早めに来て慣れておいた方が良いと思ってな。それと、メロリーが魔女であることは屋敷の者たちに事前に伝えてあるから安心してくれ」

「そうなんですね。お気遣いありがとうございます！」

返す返すも、ロイドはなんて良い人なのだろう。

こんな人の婚約者になれて、調合部屋まで用意してもらえて。今日まで薬を作り続けていて本当に良かったとメロリーは思う。

「というのは建前で、本当は一秒でも早くメロリーとともに暮らしたくてな……」

頭の中がロイドへの好感と薬のことでいっぱいになっていたメロリーには、やや照れながらそう話した彼の声は聞こえなかった。


屋敷のエントランスに入ると、多くの使用人たちが出迎えてくれた。

「メロリー・シュテルダム伯爵令嬢様、ようこそカインバーク邸へ。私は統括執事のセダーと申します」

その中で、代表して挨拶《あいさつ》をしたのは執事のセダーだ。

纏められたロマンスグレーの髪がよく似合う、初老の男性である。

にこやかな笑みを浮かべているが、瞳の奥ではメロリーを見定めているのが分かる。

おそらく、セダーのそれはほとんどの人は気付かないものだ。しかし、メロリーはこれまで多くの悪意の瞳に晒されてきたので、そのあたりは敏感だった。

(でも、仕方ないわよね)

ロイドは魔女であるメロリーを受け入れてくれたが、そんな人物は稀《まれ》だ。

大切な主であるロイドが婚約者として魔女を選んだ折には、使用人たちの間に衝撃が走ったことだろう。

それに見回してみれば、セダー以外の多くの使用人の中には、もっと分かりやすく笑顔が引きつっている者もいる。

(むしろこれが普通よね。ロイド様の反応がおかしいのだもの。それに、できるだけ笑顔で迎えようとしてくれているだけ、本当にありがたいな)

何はともあれ、これからお世話になる身としてしっかり挨拶しなければ。

自分が嫌われるのは慣れたものだが、使用人たちをできるだけ怖がらせたくないメロリーは、穏やかな笑みを浮かべてカーテシーを見せた。

「シュテルダム伯爵家の長女で、魔女のメロリー・シュテルダムと申します。今日からこの屋敷でお世話になります。……あの、私は魔女ですが、皆さんを傷付けるようなことは絶対にしません。

できるだけご迷惑をおかけしないように努めることもお約束します。ですからその……皆さん、よろしくお願いします」

するとセダーを含めた使用人たちが僅かにざわついた。表情から察するに、イメージしていた魔女と違ったからだろう。

（私はちょっと変わった薬が作れること以外は、皆と同じなんだけどね。……ちょっと見た目は特徴的だけど）

そのことが少しでも伝わればいいなぁと思っていると、ロイドが声をかけてきた。

「メロリー、君を担当するメイドを紹介しよう。ルルーシュ、挨拶を」

「はい」

セダーの隣に立っていたメイドのお仕着せを着た女性が前に出ると、深くお辞儀をした。

「メロリー様付きのメイドとなりました、ルルーシュと申します。よろしくお願いいたします」

ルルーシュと呼ばれた彼女は、黒髪を後頭部でお団子にした、およそ二十歳前後の美しい女性だ。

使用人たちの中で唯一、メロリーに対して一切の動揺を見せなかった人物である。

「ルルーシュさん、お願いしますね」

「メロリー様、ルルーシュとお呼びください。言葉遣いもくだけたもので結構です」

「は、はい！」

「メロリー様？」

これ以上ないくらい笑顔なのに、どこか圧を感じる。

本能的に従わなければと思ったメロリーは、「え、ええ！　よろしくね！」と即答する。

するとと、セダーがロイドに対して「そろそろ……」と控えめに声をかけた。

「メロリー、すまないが今日中に終わらせなければいけない仕事が残っていてね。また明日たくさん話そう。食事は部屋に用意させるから、今日はゆっくり休んでくれ」

「分かりました。お仕事頑張ってくださいね。……それと、私のために……その、色々と、ありがとうございます」

縁談を申し込んでくれたことはもちろん、離れに調合部屋を用意してくれたことも、ルルーシュをつけてくれたことも。こんなに幸せでいいんだろうかと、怖くなるくらいだ。

「私は何もしていないよ。改めて辺境伯領へ、この屋敷へようこそ、メロリー。婚約者として、これからよろしく頼む」

「はいっ！　よろしくお願いいたします！　ロイド様っ」

「うっ……！　満面の笑み……！　まさに天使……！」

何故か悶《もだ》えるロイドを不思議に思いつつも、メロリーはさほど気にしなかった。天使発言といい、彼は少し変わっているらしい。

「メロリー様、それではお部屋にご案内を……」

「あ、ルルーシュ、ごめんなさい。少しだけ待ってもらってもいい？」

メロリーはルルーシュにひと言、断りを入れると、セダーとその後ろにいる使用人たちへと視線を向けた。

「皆さん、出迎えてくださってありがとうございました。……それと、先程も言いましたが、私は魔女ですが、皆さんを傷付けたり、怖がらせるようなことは絶対にしないと誓います。だから、少しずつでも皆さんと仲良くなれたら、嬉しいです」

「「「……！」」」

そう言って、メロリーは再び頭を下げると、ルルーシュに「待たせてごめんね」と伝えてからエントランスを後にした。

そして、メロリーの姿が見えなくなった直後のこと。

「……私はお前たちに自分の目で見てメロリーを判断するよう言ったが、どうだ？」

どこか誇らしげに話すロイドに対して、使用人たちは瞳に罪悪感を滲ませた。

◇◇◇

ルルーシュに案内された部屋は、白を基調とした可愛らしい部屋だった。部屋の端には、先に運んでくれたのだろうメロリーの荷物が置かれている。

部屋の大きさは今まで暮らしていた実家の離れの数倍広く、細かなところまで清掃が行き届いている。

テーブルの上には焼き菓子が準備されており、窓から見える庭園は何とも美しい。

メロリーは、まるで自分が異国のお姫様になったように感じられた。

「なんて素敵なお部屋なんでしょう！　ここは天国……？　この部屋はルルーシュが調《ととの》えてくれたの⁉」

「は、はい。そうでございます」

メロリーは幼い頃から貧しい暮らしをしていた上に、使用人に交じって部屋を調えたり清掃したりする側だった。

自分のものとは全く違う、ラリアの広くて可愛い部屋には何度も憧れたものだ。興奮してしまうのは当然だった。

「こんなに広い部屋を調えるのは大変だったでしょう⁉」

「いえ、他のメイドも手伝ってくれたので、それほどではありません」

「それなら他の方にも後でお礼を言いに行かなきゃ……！　ルルーシュも、本当にありがとう！」

「そこまで喜んでいただけて、私としても嬉しい限りでございます」

そう言って微笑むルルーシュだったが、何故かジッと見つめられ、メロリーは戸惑った。

（何か変なことを言ったかな……？）

表情に不安の色を纏わせたメロリーに、ルルーシュは「実は」と話を切り出した。

「私の先祖に、メロリー様と同じ魔女がいたのです。ですから、魔女に対して偏見などはないのですが」

「そうなの⁉」

何故ルルーシュがメロリーを見た時に一切の動揺を見せなかったか不思議だったが、これで合点がいった。

「あの……魔女が先祖であることで、何か辛い思いはしなかった……？」

メロリーは不安そうに問いかける。

魔女であるメロリーは、これまで人に愛される人生を送れなかった。

大好きな調合と出会えたとはいえ、辛い思いをしなかったと言えば嘘になる。

そんなメロリーだからこそ、ルルーシュが心配でたまらなかったのだ。

「メロリー様は、本当にお優しいですね」

「そんなこと」

「ご心配いただきありがとうございます。でも、私は魔女が先祖であることで苦労したことも、何か辛い目に遭ったこともありませんから、大丈夫です」

「そ、そうなのね。良かった……」

朗らかな表情で話すルルーシュに、メロリーはホッと胸を撫《な》で下ろした。

「こうしてメロリー様を直に見て、魔女というのはこんなに優しい上に可愛らしい方なのかと驚いています」

「か、可愛らしい？」

突然褒《ほ》められて困惑するメロリーに、ルルーシュはこう続けた。

「それに、先程のメロリー様のお言葉……優しく誠実なお姿は、おそらく多くの使用人たちの心を打ったと思います」

――私は魔女ですが、皆さんを傷付けたり、怖がらせるようなことは絶対にしないと誓います。だから、少しずつでも皆さんと仲良くなれたら、嬉しいです。

おそらく、あの言葉を言っているのだろう。

メロリーとしては深く考えて口に出したつもりはなかったのだが、ルルーシュにこんなふうに言ってもらえて嬉しかった。

「ルルーシュ、ありがとう。改めて、よろしくね」

「こちらこそ、よろしくお願いいたします」

こそばゆいほどに見つめ合い、互いにふふっと顔を綻《ほころ》ばせると、ルルーシュが「さてと」と言いながら、両手をパン！　と打ち付けた。

「メロリー様、早速ですが」

「なぁに？」

「長旅でお疲れでしょう。今から湯浴みの準備をしますから、しっかり癒《い》やされてくださいまし」

「へ？」

◇◇◇

その頃、執務室ではロイドが椅子《いす》に腰掛け、両肘をテーブルについて口元をニマニマと緩ませていた。

「ロイドさぁ、その緩みきった顔、そろそろどうにかならないの？」

指摘したのは、先の戦争にも共に出征した、側近のアクシス。ブライアン子爵家の次男だ。

桃色の髪に大きな瞳の彼はかなり幼く見えるが、歳はロイドと同じ二十一歳。側近ではあるが、幼馴染《おさななじみ》で長年の友人でもある。

「僕しかいないからって、どうなのその顔。鼻の下伸びまくってるじゃん」

この屋敷の主人であり、この辺り一帯の辺境伯領の領主でもあるロイドにここまでの軽口を叩《たた》けるのは、彼くらいだろう。

「煩《うるさ》いな。これを喜ばずにいられると思うか？　ついにメロリーがこの屋敷にやってきたんだ。これで毎日愛しのメロリーの顔を見ることができる……声が聞ける……。デートをして、手を繋《つな》いで、抱き締めて、キスをして……。いずれは……ベッドで……くっ、これ以上は鼻血が……！」

「後半は欲望に忠実すぎなんだよ。そんな様子じゃあ、メロリー嬢に嫌われちゃうんじゃない？」

脳内お花畑になっていたロイドだったが、アクシスの発言に目をキリリと細めた。

「嫌われる、だと――」

「うわ、さむっ」

ぶるりっ、と震えるくらいに、ロイドの口から放たれた言葉は冷たい。

サファイアのような瞳は美しいというより冷たい印象になり、ロイドのことをよく知らない人物が見たら失神するくらいに恐ろしく冷たい表情だ。まさに敵に向けるそれである。

「冗談だってば！　そのおっかない顔やめてよ！」

「…………」

「それより、メロリー嬢は大丈夫なの？　僕は君からどんな子か聞いてるからあれだけど、魔女であり、社交界の評判もよろしくない彼女に、使用人たちは誠心誠意仕えてくれそう？」

アクシスがロイドからメロリーの話を聞いたのは、約三年前に行われた夜会の最中だ。

いきなり聞いたことがないくらい高い声で「天使に出会った」と言うロイドに、アクシスは驚くと同時に大笑いした。後にメロリーの作った薬の副作用であることを知り、二度驚いたものだ。

しかしその日から、アクシスの魔女に対する印象が変わったのも事実だった。

言い伝えや書物の影響で、アクシスも魔女に対して多少は偏見を持っていたのだが、ロイドがあまりにも褒め称えるものだから、そんなものはどこかへ飛んでいった。

「使用人たちのことだが、おそらく問題はない」

「え、ほんとに？　使用人たちに何か言ってあったの？」

「いや、何も。敢えて言わなかった。というより、メロリーの性格や清らかな心を知れば、大丈夫だという確信があったからだ」

「……あっそう。惚気《のろけ》ご馳走さま」

余計な心配は無用だったと、アクシスは表情を緩める。

「メロリーの良いところならいくらでも語れるが」

真顔で言ってくるロイドにアクシスがそろそろ仕事をしてよ、と言おうとすると、ノックの音が聞こえた。

ロイドが入るよう促すと、一人のメイドが頭を下げて口を開いた。

「旦那様、メロリー様が湯浴み中にお眠りになってしまわれ――」

「なんだと……！」

ロイドも疲れ過ぎて湯浴み中に眠ってしまいそうになることはたまにある。その際、溺《おぼ》れそうになったこともあり、もしもメロリーが同じ状況だったらと思うと、冷や汗が流れた。

（っ、メロリー！）

恐怖に駆られたロイドは、メイドの話を遮ってすぐさま立ち上がる。

「アクシス、悪いが後は頼んだ」

「いや、それはいいけどさ、彼女の話をちゃんと聞い……って、行っちゃった」

そして、ロイドは報告に来たメイドを置き去りにして、駆け足でメロリーの部屋へ向かった。

ノックもせずにメロリーの部屋に入れば、愛しの彼女の姿はなかった。

そんな所に隠れているはずがないだろうと思われるローテーブルの下やソファの裏側、カーテンの内側を探し終えたロイドは、ベッドのすぐ側でせっせと手を動かすルーシュを視界に捉え、彼女のもとに駆け寄った。

「ルーシュ、メロリーは大丈夫か⁉　今彼女はどこにいる⁉」

「旦那様、落ち着いてくださいませ。それと声は小さめに。メロリー様は眠っておられますから」

「！」

そういえば、夕方だというのにベッドの天蓋《てんがい》が下りている。

この状況からメロリーが眠っていると推測するのは簡単だというのに、ロイドはかなり冷静さを欠いていたと反省した。

「湯浴み中に眠ってしまったと報告を受けたが、メロリーは溺れたりしていないか？　もう医者には診《み》てもらったのか？」

「メロリー様のお顔がお湯に付く前に私が抱えて湯舟からお出しし、体も拭《ふ》いて夜着も着せましたので、問題はないかと。念のため、起きたらお医者様に診ていただく手配も済ませてあります」

「そうか……。それならいい」

ホッと胸を撫で下ろすロイドに、ルルーシュは冷静な口調で話した。

「三日に及ぶ移動で、大変お疲れだったのかもしれません」

「そうだな。起きるまでゆっくり休ませてやってくれ」

ロイドはそう言うと、ルルーシュの後ろにある天蓋の布に手を伸ばした。

メロリーを起こす気は更々なかったが、直に彼女を見て、安心したかったのだ。

……ほんの少しだけ、メロリーの寝顔を見たいという欲求もあったが。

「旦那様」

しかし、ロイドの手を遮るように、作業中のルルーシュが真正面に移動してくる。

ロイドは偶然かと思い、立ちふさがる形になったルルーシュを避けてまた天蓋の布へ手を伸ばすのだが、その度に彼女も移動してきて……。

「ルルーシュ、何故邪魔をする」

「失礼ながら、メロリー様は就寝中です。いくら婚約したとはいえ、寝ているお顔を許可なく見るのはいかがかと思います」

「……完全にメロリーの味方だな」

「はい。もとから魔女に対して偏見がなかったのを抜きにしても、こんなにお優しくて可愛らしいお方を好きにならない人はいません」

メロリーに誠心誠意仕えてくれるだろうとは思っていたが、やはり心配はいらなかったらしい。ロイドが優しげな表情を見せると、ルルーシュもつられて微笑んだ。

「旦那様は、本当にメロリー様のことを大切に思っておられるのですね。……焦って変な所も探しておいでてでしたし、ぷぷっ」

「笑うな」

「大変失礼いたしました」

——何にせよ、メロリーが無事で本当に良かった。

ルルーシュに礼を伝えたロイドは、一瞬だけでもメロリーの寝顔が見たかった……という欲望を抑えて扉へ向かう。

ドアノブに手をかければ、「あの」とルルーシュに呼び止められた。

「実は、メロリー様のことで気になることが——」

◇　◇　◇

「えっ⁉　朝⁉　何で⁉」

ベッドの天蓋の隙間から薄く差し込む朝日に、メロリーは飛び起きた。

ギシギシと軋《きし》むベッドではない。体も全然疲れていない。何だか自分からいい香りがするし、夜着は汚れがないどころか肌触り抜群だ。

「すっごく快適……！　え？　ここ、天国？」

勢いよくベッドから下りたメロリーは、夜着のまま部屋のカーテンを開けて外を見る。

美しい庭を見て、ここがカインバーク邸であることはもちろん、湯浴みの途中であまりにも気持ち良くて眠りこけてしまったことも思い出した。

燦々《さんさん》と輝く太陽から察するに、おそらく半日以上爆睡していたのだろう。

「わ、私ったら、初日から何てことを……！」

ロイドと夕食をともにすることもできなかったし、ルルーシュにも迷惑をかけてしまった。

(二人とも怒ってないかな⁉　ど、どうしよう〰〰！)

メロリーは頭を抱えると、ノックの直後にルルーシュが部屋に入ってきた。

「メロリー様、おはようございます。お加減は――」

メロリーはルルーシュのもとに駆け寄ると、彼女の言葉を遮って深く頭を下げた。

「ごめんなさい、ルルーシュ！　私、昨日迷惑をかけて……」

「お疲れだったのですから仕方ありませんし、湯浴み中に寝てしまわれる程度、何の迷惑でもございません。お顔をお上げください、メロリー様」

「……っ」

優しく諭され、メロリーはおずおずと顔を上げる。

目の前には、穏やかなルルーシュの笑顔があった。

「それに、旦那様もメロリー様を心配こそすれ、一切怒っていらっしゃいませんのでご安心くださ い」

「な、何で私が考えていることが分かるの⁉」

「ふふ、メロリー様は考えておられることが顔に出やすいですから」

そういえば、昔乳母にも同じようなことを言われた気がする。

メロリーが「そんなに……？」と言いながら頬を摘まめば、ルルーシュはクスクスと小さく笑った。

「さて、話はここまでにして、念のためお医者様を手配しておりますので、しっかり診ていただきましょう。その後は支度して、旦那様と一緒に朝食です」

「は、はい……！　何から何まで、ありがとう、ルルーシュ！」

「それほどのことではございません。それにしても、腕が鳴ります。より一層、メロリー様を美しくして差し上げますからね」

「え？　いや、ほどほどで大丈夫だけど……」

目をギラギラさせ、気合を入れたルルーシュの様子に、メロリーは口元をひくつかせた。

◇　◇　◇

医師の診察が終わったあと、ルルーシュの手により身支度を整えられたメロリーは、姿見の前で目を丸くしていた。

「これが私……？」

触り心地の好いシルクの淡い水色のドレス。

腰のあたりには金色のリボンがついており、とても上品で高級そうな一品だ。

露出が少なく、かなり痩《や》せているメロリーでも、あまり体型が気にならない。

白い髪は見違えるほどツヤツヤとしていて、後頭部でふんわりと結われている。

化粧を軽く施された顔なんて、まるで別人のようだ。

「はい。メロリー様でございます。大変お美しいです」

「信じられない……。ルルーシュって、本当に凄《すご》いのね！」

「何を仰《おっしゃ》いますか。私はメロリー様の良さを引き出しただけのことでございます」

そうルルーシュは言ってくれるが、未だに本当にこれは自分なのかとメロリーは信じられないでいた。今までは、遠目では老婆と言われても仕方がない見た目だったのだから。

「では朝食に参りましょう。別のお部屋に食事は用意してございますので、ご案内しますね」

「ありがとう！」

メロリーは見違えるほど美しくなった姿で、ルルーシュと共に部屋を出た。

しかしどうしてだろう。朝食を準備された部屋に案内されたメロリーだったが、入り口にはロイドではない人物が立っていた。

大きな瞳に、ピンク色の髪の毛が可愛らしい少年だ。

とりあえず挨拶をした方がいいのか、ルルーシュにこの少年が誰なのか聞いた方が良いのかと迷っていると、少年が先に口を開いた。

「メロリー様、初めまして。僕はブライアン子爵家の次男――アクシス・ブライアンと申します。ロイドの側近です。昨日はご挨拶に伺えず申し訳ありません」

（側近！　こんなに若く可愛らしい少年が！）

おそらく側近ならばロイドと共に戦争にも出向くのだろう。こんなに可愛らしい少年が剣を振るうなんて、なかなか想像できない。

そんなことを一瞬考えたメロリーだったが、挨拶を返さなければとハッとした。

「初めまして。シュテルダム伯爵家長女の、メロリー・シュテルダムと申します。えっと、この度ロイド様の婚約者になりました……！」

何だか、こう口にすると小っ恥ずかしい。

「メロリー様のお姿は一度、野外で拝見したことがあります。……しかし失礼ながら見違えました。こんなにお美しかったなんて」

アクシスはそう言って、メロリーの斜め後ろに控えるルルーシュに視線を向ける。それに気が付いたルルーシュは、それはもう深く頷いた。

『想像を絶する美しさですよね？　分かります』という声が聞こえてきそうなルルーシュの様子に、アクシスは微笑を浮かべた。

「私の方こそ、昨日はご挨拶に伺えなくて大変申し訳ありません。恥ずかしながら、湯浴みの最中に眠りこけてしまいました。気が付くと朝になっていまして……」

「相当疲れていたんですね。お気になさらず。ロイドがえらく心配していましたので、元気なお姿を見せてあげてください」

アクシスの笑顔につられ、メロリーは頬を緩ませながら「はい」と答えた。

「ブライアン子爵令息様、とお呼びしたら良いですか？」

「アクシスで構いませんよ」

「では、アクシス様」

呼び方の確認をしていると、アクシスの背後から眉間に皺《しわ》を寄せたロイドが現れた。

「ロイド様！」

「メロリー！」

ロイドはメロリーに対して一瞬笑みを浮かべたが、すぐに厳しい表情に戻し、アクシスを睨《にら》みつけた。

「ロイドさぁ、僕とメロリー様が仲良く話してたからってそんなに怖い顔しないでよ。男の嫉妬《しっと》ほど醜《みにく》いものはないね。それに、メロリー様を怖がらせるかもしれないよ？」

「！　す、すまない、メロリー。君に怒っているわけじゃないんだ！　決して！」

「は、はい！　分かりました！」

メロリーが圧に押されて頷けば、ロイドは改めてメロリーの姿をジッと見つめ、悶え始めた。

「ああ……！　いつも可愛いが、今日のメロリーはより美しい！　天使だ……」

「出たよ、天使」

歯の浮くような言葉に、アクシスがさらりとツッコむ。

ロイドが「何か文句があるのか？」と詰め寄れば、二人はあーだこーだと話し出した。

「お二人は本当に仲がよろしいのですね」

二人のやり取りは、主君と側近というより友人同士に見える。

メロリーが思ったことをそのまま口にすると、二人は少し照れくさそうにして、ロイドは一度咳《せき》払《ばら》いをした。

「メロリー、私とアクシスは幼馴染なんだ。だから仕事相手でもあり、気軽に話せる仲でもある。あと、こいつはこの見た目だが私と同じ二十一歳だ」

「えっ⁉」

（私より年上⁉）

言われてよくよくアクシスを見れば、年相応の落ち着きと品がある。

反対に大人っぽい顔つきのロイドだが、笑顔やアクシスに見せる顔には幼さが残っているように見えた。同い年なのにも納得だ。

（あら？）

まじまじと二人の顔を見ていたメロリーは、アクシスの目の下にうっすらと隈があることに気付いた。

メロリーは後ろに控えるルルーシュに声をかけ、彼女が代わりに持ってくれていた薬箱を受け取る。

これは実家から持参したものだ。

昨日、ロイドにあげた薬が入っていた手持ち鞄よりも多くの薬を保管できる。

その中から小瓶を一つ取ると、メロリーはアクシスにあの、と声をかけた。

「アクシス様、もしもお疲れのようでしたらこれを」

「ん？　これは？」

「少しお疲れのようですので、『語尾にぴょんがつくけれど身体の疲れが半分になる薬』をどうぞ！　お休みになる前に飲めば朝起きた時に副作用である語尾は消えていると思いますので――って、あ……」

今日、メロリーはロイドに喜んでもらおうと、いくつか薬をこの場に持ってきていた。

そして良かれと思いアクシスに薬を出したのだが、メロリーはすぐさま後悔した。

ロイドは過去の一件でメロリーの薬の効果を認め、求めてくれている。

しかし、アクシスは別だ。

アクシスにとってメロリーは主君であるロイドの婚約者だけれど、出来損ないの魔女でもあるのだ。

　昨日からロイドやルルーシュにとても良くしてもらい、アクシスも普通に話してくれたためすっかり頭から抜けていたが、普通は誰もメロリーの薬を喜んで受け取ってくれるはずがないのだ。

　――そう。そのはずだったのに。

「ありがとうございます、メロリー様。ロイドから貴女《あなた》の薬は凄いって聞いていたから楽しみです。寝る前に飲ませてもらいますね」

「は、はい！　こちらこそありがとうございます！　受け取っていただけるだけで、とっても嬉しいです！」

　満面の笑みを浮かべて喜ぶメロリーに、アクシスは少し困り顔になる。

　そして隣にいるロイドにしか聞こえないような声で、ポツリと囁《ささや》いた。

「……ロイドが天使だって言う意味が、少し分かった気がするよ」

「分からなくてもいい。欠片も分からなくていい」

　そんな二人をよそに、メロリーはルルーシュともに、喜びを分かち合った。


　アクシスが去っていった後、ロイドにエスコートされて朝食会場に入ったメロリーは席についた。

　するとすぐさま、テーブルを埋め尽くすほどのたくさんの種類の料理が並べられた。

　うわぁ！　と感嘆の声をあげるメロリーに、ロイドは嬉しそうに目を細める。

「メロリーの好みが分からなかったから、多めに用意させたんだ」

「あ、ありがとうございます……！」

「無理に食べなくても大丈夫だからな。さあ、いただこう」

「はい！　いただきます！」

実家での生活は大変質素なものだった。夜会やパーティーでは数多くの料理が並んでいたとしても、ラリアの引き立て役として彼女の側にずっといなければならなかったので、食べることは叶わなかった。

(感謝していただかなきゃ！)

メロリーはフォークとナイフに手を伸ばし、彩《いろど》り鮮やかなサラダを口に運ぶ。

「ん!?　レタスがシャキシャキです！　トマトが甘くて、このドレッシングの仄《ほの》かな酸味がたまりません……！」

「それは良かった。たくさん食べてくれ」

「はい！」

実家では、廃棄する寸前の野菜クズばかりを食べていたが、新鮮な野菜を一流のシェフが料理するとこんなに美味《おい》しくなるものなのか……と感動を覚えた。

「スープも温かくて……とっても美味しいです！　ソーセージは皮がパリッと……中からじゅわぁって……幸せです！」

昨日は夕食をとらずに眠ってしまったことも相まって、メロリーはつい食事に夢中になってしまう。

普段なら一人きりの食事も一緒に食べてくれる人がいると楽しくて、自然と口数も増えた。

「ああ、美味しそうに食べるメロリーが可愛い……。食事中も天使だなんて罪深いな……」

「あ、ありがとうございます……?」

(ロイド様の天使の概念はやっぱり不思議!)

とはいえ、おそらく褒めてくれているのだろう。

メロリーは気にかけるのをやめ、食事を再開させる。

香ばしく、ふかふかの柔らかいパンに、冷たくて身のぎっしり詰まった果実、鼻腔《びこう》を擽《くすぐ》る香り高い紅茶。

食事をひとしきり終えると、メロリーはそういえば、とルルーシュから再び薬箱を受け取り、二つの小瓶をテーブルに置いた。

「これらもロイド様のお役に立てるかもしれないと思ってお持ちしました！『眉毛が少し薄くなるけれど集中力が二倍になる薬』と『一時的に背中に黒子《ほくろ》ができるけれど食事による栄養の吸収が高まる薬』です！」

戦争から戻ってきたばかりのロイドは仕事に追われているようだが、集中力が高まれば早めに仕事が終わるかもしれない。

もし多忙のあまり食事をあまりとれなくても、栄養の吸収率を上げれば体を壊さずに済むかもしれない。

そんな思いからメロリーが薬を差し出せば、ロイドはそれを受け取りながら片手で目を押さえた。

「メロリー、本当にありがとう。こんなに優しい婚約者を持てて、私は世界で一番の幸せ者だ。それに、昨日もらった薬も効果てきめんだった。改めて何かお礼をさせてくれないか？」

「いえそんな！　私は『出来損ないの魔女』ですので！　こんな私が作ったもので少しでもお役に立てて、しかも喜んでいただけるなんて誉《ほま》れです！　お気になさらないでください」

そう言うと、何故かロイドが眉を顰《ひそ》めた。

怒っているわけではないことはメロリーにも分かる。強いて言うなら、悲しそうな、傷付いたような顔だろうか。

「あの……？」

「……自分のことを、こんなとか、出来損ないだなんて言わないでくれ。メロリーはとても優しくて、魅力的で、尊い人だ」

「ロイド様……」

優しい、優しい、婚約者。

ロイドにこんな顔をさせてしまったことに、メロリーは罪悪感を覚えた。

同時に、何故ここまで心の籠《こ》もった言葉をかけてくれるのだろうかとも不思議に思う。

「だから、せめて礼はさせてくれ。良いな？」

「は、はい……！　よろしくお願いします」

「ああ。本当にありがとう、メロリー」

けれど、その疑問はすぐに解けた。

おそらく、ロイドがメロリーの作る薬に興味を持ち、また惹《ひ》かれたからなのだろう。

だから、メロリーに対してこんなにも優しい言葉を投げかけてくれているに違いない。

――『不老不死の薬』や『媚薬《びやく》』、『呪いの薬』。

両親が望んだようなとんでもない薬が作れなくとも、こんなにも自分が作った薬を求めてくれる人がいる。褒めてくれる人がいる。そして、優しい言葉をかけてくれる人がいる。

それはメロリーにとって掛け替えのない幸せで……。

(感謝するのは私の方です、ロイド様)

メロリーがそんなことを考えていると、穏やかな表情に戻ったロイドが気さくに話題を振ってくれた。

忙しいだろうに、食事をさっさと済ませるだけでなく会話までしてくれるなんて、彼はどれほどできた人なのだろう。

「あっ」

「どうした?」

あれこれあったせいですっかり忘れてしまったけれど、メロリーには大切な話があった。

「質問してもいいですか?」と許可を取れば、ロイドは当然だというようにコクリと頷いた。

「私が調合するためにロイド様が準備してくださった離れは、自由に使ってもいいのですか?」

「ああ。あそこはメロリーのために作った場所だからな。器具や材料が足りないなら追加で揃えるから教えてほしい」

「何から何まで、本当にありがとうございます！」

まさに至れり尽くせりだ。

もとより思っていたけれど、ここまでしてもらっているのだから、より一層ロイドの役に立てるように調合に励まなければとメロリーは気合を入れる。

「聞きたいことはそれだけか？」

「それが、もう一つありまして。このお屋敷での私のお仕事は何でしょう？」

「ん……？」

きょとんとした顔をするロイドに、メロリーは続けざまにこう言った。

「ルルーシュに習って、使用人のお仕事をさせてもらえばよろしいですか？」

ロイドを纏う空気が変わり、部屋は一瞬、凍えそうになるほど凍りついた。

（え？　え？　私、何か変なこと言った？）

慌てるメロリーにハッとしたロイドは「ふぅ」と自身を落ち着かせるように息を吐いた。

「メロリーは私の婚約者であって使用人ではないから、そんなことはしなくていい。ただ、使用人の仕事が好きでたまらないなら君の気持ちを優先するが、そのあたりはどうなんだ？」

「いえその、ものすごく使用人のお仕事が好きというわけではないんですが、ただで住まわせていただくのが申し訳なくて……」

結婚すれば、辺境伯夫人としてこの屋敷にいる意味が見いだせる。

しかし、メロリーは現在婚約者だ。

更に貴族との交友関係が広いわけでもなく、腕っぷしが強いわけでもない。読み書きはできても、ロイドを補佐するような書類仕事は専門外だった。

(そう考えると、私にできる特別なことって、薬を作ることだけなのよね……)

しかし、出来損ないの魔女であり、役立たずの薬しか作れないと言われているメロリーの薬を飲みたいなんて思ってくれているのは、ロイドだけだ。

アクシスは嫌がらずに受け取ってくれたが、ロイドの前だったこともあって気遣ってくれただけかもしれない。いや、むしろその可能性の方が高い。

(つまり、ここで新たに調合しても、飲んでくださるのはロイド様だけ……。それを自分の仕事とするのはさすがに……)

メロリーの薬が一般的な薬とは効果の方向性が違うとはいえ、過剰摂取が厳禁なのは同じだ。ロイドのためと言って大量に生産する必要がない。

(う～ん)

いろいろと考えたものの、これといった案は思いつかなかった。

メロリーは眉尻を下げ、申し訳なさげに口を開いた。

「申し訳ありません、ロイド様。私なりに考えてみたのですが、このお屋敷でお世話になれるだけのお役に立てるような仕事は何も思いつかず……」

「いや、それならメロリーには一つ――」

「このままでは、せっかく私の作る薬に惹かれて結婚を申し込んでくださったロイド様にあまりにも申し訳なくて……」

「ん？」

ピシッとロイドが固まる。

メロリーはどうしたのだろうと思い、「何か失礼を言ってしまいましたか？」と問いかけた。

「……そういうことではない。……が、正直困惑している」

「困惑？」

冷静になろうとしているのか、ロイドは額に手を伸ばし、深く息を吐いた。

「……いや、だが、確かに調合室で縁談を申し込んだ理由を告げた際、メロリーは驚いていたが全く照れた様子はなかった。私に対してあまりそういう興味がないのか、もしくは驚きが勝っているのかと思っていたが……そんなことになっていたとは——」

ぼそぼそと呟《つぶや》くロイドの声は小さく、ところどころ聞こえない。

（本当に、どうしたんだろう？）

ロイドの先程のセリフや様子から、怒っていないことは分かるが、どこか思い詰めているように見える。

やはり激務で疲れているのか、それとも何か深い事情があるのか。

まだロイドと出会って一日も経っていないメロリーには分からなかった。

それに、まだ理由を尋ねてもいいような深い関係ではないことは明白。

「大丈夫ですか……？」

こう問うことしかできないでいると、ロイドは額に伸ばしていた手で前髪を掻《か》きあげてから、これまで何度も見せてくれた笑顔で向き合ってくれた。

「すまない、大丈夫だから、心配はいらないよ」

「そ、れなら良かったです！」

「ところでメロリー、話は戻るんだが……一つ、頼まれてくれないか？」

◇ ◇ ◇

「ねぇロイド。メロリー様の話って何さ？　ぴょん」

同日の深夜。

部下たちが各々《おのおの》自宅に帰ったり、屋敷の仮眠室で休んだりしている中、ロイドは帰ろうとするアクシスを「メロリーについて話があるから」と呼び止めて、執務室のローテーブルを挟んだ向かいのソファに座らせていた。

ロイドが大事そうに握り締めているのは、仕事の書類ではなく、午前中にメロリーがくれた薬の小瓶だ。中身は空になっており、一滴たりとも残っていない。

「……ハァ。ぴょん」

苛立ちを滲ませた顔をしているロイドに、アクシスはため息を漏らした。

「あのさぁ、急に呼び止めて機嫌が悪いって何なの？　ぴょん。あと、眉毛が薄い時にその不機嫌そうな顔はだめだよ。ぴょん。おっかないよ。ぴょん」

「お前だってぴょんぴょんぴょんぴょん煩い。寝る前に飲めってメロリーが言っていただろう」

「帰って眠ろうと思ってたから飲んだの！　ぴょん。それなのに、話があるからって引き留めたロイドのせいでしょ！　ぴょん」

メロリーが渡した薬の副作用で眉毛が薄くなった状態で凄むロイドに、同じく副作用により語尾にぴょんをつけるアクシスが文句を垂れる。

端《はた》から見れば、二人のこの状況はかなりカオスだろう。

「まあいい。それで、薬の効果はどうだ」

少しばかり眉間の皺を薄くしたロイドが、アクシスに問いかけた。

相変わらず眉毛は薄いので、おっかない印象は大して変わらないが。

「これ凄いよ！　ぴょん。即効性があって、感覚的に疲れが半分取れてるのが分かる！　ぴょん。語尾がぴょんになるのはネックだけど、寝ている間に副作用が消えて身体が楽になるから、デメリットはほぼない！　ぴょん」

「そうだろう？」

興奮気味に語るアクシスに、ロイドは当然とばかりに頷いた。

ロイドもここ二日でメロリーが作った薬を飲み、どれも効果は絶大だった。

もちろん副作用は存在するが、薬を飲むタイミングを選べばそれほどデメリットにならないものも多い。

「さすがはメロリーだ。やはり彼女は天才だな……」

何より、メロリーは優しい。

出会ったばかりのアクシスの目の下に隈があることに気付いて薬を手渡したり、ロイドに喜んでもらえると思って薬を食卓にまで持ってきたりと、彼女を見ていると自然と心が温かくなった。

「……ご機嫌にニヤついてるところ悪いんだけど、そろそろ本題に入ってもらっていい？　ぴょん。まさかメロリー様の惚気話をするために僕を呼び止めたの？　ぴょん」

「そんなわけないだろう。メロリーにもらった薬の効果を確かめたかったのもあるが、本題はメロリーと彼女の実家についてだ」

「というと？　ぴょん」

真剣な話し合いの場に、やはりぴょんは似合わない。

しかしそうも言っていられないと、ロイドは口を開いた。

「昨日、メロリーのことでルーシュから気になることがあると報告を受けた。メロリーは用意された部屋をまるで天国だと表現したらしい」

その他にも、湯浴みの話が出た際は申し訳なさそうに「庭で水浴びでもいいから」と言い、実家から着てきたドレスの裏にはツギハギの跡があったらしい、とロイドは続けた。

「何より、体がかなり痩せ細っていたみたいだ。メロリーには伝えていないが、医師の診断では栄養失調に近い状態らしい」

「……！」

貴族とはいえ、没落の一歩手前であれば平民と同じような生活を強いられることは確かにある。しかし、シュテルダム伯爵家が困窮《こんきゅう》しているという話は耳にしたことがない。少なくとも、メロリーに助けられた夜会でメロリーの家族を目にした時、彼らは肉付きも良く、装いも貴族らしいそれだった気がする。

(……つまり、メロリーだけが――)

ロイドは辛そうに唇を噛《か》み締める。

ふつふつと湧き上がる怒りが止まらなかった。

「それに、食事の際、スープが温かいことに感動していた。メロリー本人はたくさん食べているつもりでいたが、実際は一般女性の半分以下の量しか食べられていなかった。極めつけには、使用人として働けばいいのか、なんて平然と口にしていた」

「それって、やっぱりメロリー様は……。ぴょん」

答えは一つだろう。

メロリーが魔女であることを踏まえれば、それは容易に想像できた。

「家族から酷《ひど》い扱いを受けていたんだろう。……幸い、身体に痣《あざ》や怪我はなかったとルルーシュは言っていたが」

だから、何だと言うのだろう。直接手を下していなければまだマシだなんて、口が裂けても言えるわけがない。

「魔女に対して悪い印象を持つ者が多いことは知っている。だから、実家でも多少不憫《ふびん》な思いをしていたのかもと思っていたが……これほどとは」

――実は三年前。

ロイドがメロリーと夜会で出会った頃は、今ほどメロリーの『出来損ない魔女』という悪評は広まっていなかった。少なくとも、辺境伯領にはまだ届いていなかった。

しかし、三年間にも及ぶ戦争から戻ってきて、国王への諸々の報告のため王宮に出向いた時のことだ。

自らの幼い娘を婚約者にどうだと薦めてくる国王に対して、ロイドはメロリーを妻に迎えたいと話したが、その反応はすこぶる悪かった。

国の英雄と言っても差し支えないほどの功績を挙げたロイドが、何故メロリーを――忌み嫌われた魔女の先祖返りであり、役に立たない薬を作ることしかできない『出来損ない魔女』を娶ろうとするのかと。

結局のところ国王の方が折れたものの、説得するのに骨が折れた。

そして辺境伯領の屋敷に戻ってきて、メロリーを妻に迎える旨を部下や使用人たちに報告すると、これまた反応が悪かった。この辺り一帯にまで、メロリーの悪評は広まっていたのだ。

「何故ここまでメロリーの悪評が広まったのかと考えた時に、思い浮かぶのは一つだけだ。おそらくメロリーの家族が、敢えてメロリーの立場が悪くなるように彼女の悪評を流したんだろう」

「そんな……家族なのに……ぴょん」

「しかもデタラメばかりだ。メロリーが作る薬は多少限定的だったり特殊だったりするが、副作用も強いものじゃないし、何より効果がとても高い。それは、アクシス――お前も身をもって感じたはずだ」

それなのに、どうしてメロリーの作る薬について誰よりも知っているはずの家族が、メロリーを手酷く扱っていたのだろう。

仮に複雑な事情があってメロリーに愛情を注げなかったとしても、彼女の作る薬の価値が分かれば、そのように扱うメリットなどないと分かるだろうに。

「…………」

ロイドは顎に手を添え思案するが、すぐには思い付かなかった。

（まあいい。ろくに知らない相手のことなど、考えても無駄だ）

ロイドは戦地より戻って以来、戦後の後処理、国王への報告や領地の管理、メロリーへの求婚の手続きに忙殺されていて、彼女の家族のことまで手が回っていなかったのだ。

「アクシス、頼みがある」

ロイドはちらりとアクシスを見やる。

その視線で幼馴染であるロイドが何を考えているのか、アクシスは直感で理解した。

「……メロリー様の家族のことを調べてほしいんでしょ？　ぴょん」

「任せていいか？」

「まったく！　ぴょん。これでも僕忙しいんだけどな！　ぴょん。……でも、薬の恩返しもしなくちゃいけないし、引き受けてあげるよ。ぴょん」

「ああ、頼む」

満更でもない顔をするアクシスに、ロイドはふっと微笑を零す。それから、どこか憂いを帯びた表情で口を開いた。

「それとな、もう一つ聞いてほしいことがあるんだが……」

「え、まだ何かあるの？　ぴょん」

もう帰れると思っていたのか、アクシスは明らかに残念そうに口角を下げる。

こういう時、いつものロイドなら「おい」とやや語気を強めるはずなのだが、彼はふぅ、と小さく息を吐くだけで何も言わなかった。

「本当にどうしたの？　ぴょん」

ロイドの様子がおかしいことに気付いたアクシスは、今さっきと違い、親身になって問う。

目を伏せたロイドのまつ毛が、ぼんやりと頬に影を落とした。

「実は……メロリーがこの屋敷に来た日、彼女に好意を抱いていることを伝えたんだが」

「ぴょん……じゃない、うん、ぴょん」

「アクシス、お前、私が落ち込んでいるからってふざけているのか？」

戦場にいる時のような凄みのあるロイドの顔に、アクシスは胸の前で何度も両手をひらひらとさせる。

ロイドが本気で怒りを露《あら》わにした姿を知っているだけに、慌ててしまったのだ。

「そ、そんなわけないでしょ！　ぴょん。それで、それがどうしたのさ、ぴょん。今日のロイドとメロリー様の様子からして、振られたわけじゃないんでしょ？　ぴょん」

「……ああ、振られてはいない。振られては」

「何なのさ、その含みのある言い方は、ぴょん」

ロイドは肩を揺らすくらいに大きなため息をついた。

「振られるどころか、そもそも私の気持ちが全く伝わっていなかったんだよ……」

「……ぴょん？　じゃない、は？　ぴょん」

「今のは絶対わざとだな？　もう許さん」

ロイドは身を乗り出し、ローテーブルの向かい側に座るアクシスのこめかみに両手を伸ばす。そして両手を握りしめ、渾身《こんしん》の力を込めてそこをぐりぐりと攻撃し始めた。

「イタイイタイイタイィ……‼　ぴょん‼」

「さすがメロリーが作った薬は凄いな。絶叫の後でさえ語尾にぴょんがつくとは」

「感心してる場合じゃないってば！　ぴょん‼」

――ここまでやれば、もうふざけないだろう。

そう考えたロイドはアクシスのこめかみから手を離し、ソファに深く座り直す。

痛みの余韻のせいか、アクシスは頭を抱えている。

帰宅寸前の彼を捕まえて長話に付き合わせた挙句、さすがにこれではあまりにアクシスが可哀想だろうか。今度、休暇をやるかとロイドは心の中で思った。

「……で？　何で気持ちが伝わっていないことに今更気付いたの？　ぴょん」

落ち着きを取り戻したアクシスの問いかけに、ロイドは日中にメロリーが言った言葉を思い返した。

「メロリーがこの屋敷で世話になる身として、どうしても働きたいと言ってな。使用人の仕事をすればいいかと尋ねてきたから、そんなことはしなくていいと言った」

「それで？　ぴょん」

「そこからメロリーは少しの間悩んで……」

「うん、ぴょん」

「『このままでは、せっかく私の作る薬に惹かれて結婚を申し込んでくださったロイド様にあまりにも申し訳なくて……』と、言ったんだ……」

「えっ⁉　ぴょんっ‼」

アクシスが驚くのも尤《もっと》もだ。

現に思いを伝えたロイドでさえ、メロリーに多大なる勘違いをされていると知った時は、体が硬直したほどだった。

（確かに、好きだとか愛しているだとか、そういう直接的な言葉は伝えていないが……）

それらの言葉がなくても、思いが十分伝わるくらいの言葉を選んだつもりだった。

直接的な言葉を言わなかったのは、メロリーを思ってのこと。

何故自分に縁談を申し込んできたか分かっていない――どころか、妹と間違えているのでは？

と思っている相手に、好きだの愛しているだの言われても戸惑うと思ったのだ。

とはいえ、思いが溢《あふ》れてかなり好意を前面に出してしまったのだが。

天使、というのが、その最たる言葉だろうか。……いや、しかし、メロリーはどこからどう見ても清らかな天使なのだから致し方ないとロイドは開き直った。

「……つまり、端的に言うと、ロイドの恋愛的な意味での好意は、メロリー様に一切伝わっていないってことだよね？　ぴょん」

「みなまで言うな。これでもかなりの衝撃を受けたんだ。分かりやすいところだと、午後からの仕事は全く手につかなかった」

「それはやめてくれる？　ぴょん。……でも、ははっ、戦場では敵なしで常に冷静な判断ができるロイドをこんなに動揺させられるのは、後にも先にもメロリー様だけだろうね。ぴょん」

「それは当たり前だ」

キリッとした笑みを浮かべるロイドに、アクシスは苦笑した。

「何でロイドが誇らしそうなのさ、ぴょん。……まあ、喜んでるところ悪いけどさ、これからどうするわけ？　ぴょん。メロリー様に勘違いされたままでいいわけないよね？　ぴょん」

「ああ、それには少し思うところがあってな」

今日、勘違いを真っ直ぐな瞳で話していたメロリーの様子から察するに、おそらく彼女はロイドが薬に惹かれたから縁談を申し込んだと本気で信じているのだろう。……ほんの僅かな疑いさえ持たずに。

つまり、メロリーから見たロイドの印象は、せいぜい『薬に好感を抱いたゆえに優しくしてくれる人』。

メロリーがロイドに恋愛的な意味での好意を持っている可能性は、極めて低い。

そんなメロリーに、こちらの気持ちを伝えればどうなるか――。

「今の関係性のまま愛していると伝えても、メロリーは信じてくれないと思うんだ。婚約者という間柄だから、そういう体《てい》でいてくれるのだろう、とな」

「あー……メロリー様って結構天然そうだし、これまでの境遇を考えたら信じてくれない可能性は高いよね、ぴょん」

「ああ。だから、少し時間をかけるつもりだ。一応婚約してくれるということは憎からず思ってくれているはず……。私の気持ちが疑えなくなるくらい大事にして……メロリーに振り向いてもらいたいんだ」

「なるほどね……ぴょん。いいんじゃない？　ぴょん。正直、一筋縄ではいかないと思うけど……ぴょん」

幸いなことに、これから時間はたくさんある。焦る必要はない。

（メロリー……）

愛おしい人の名前を脳内で紡ぎながら、ロイドは再びティーカップを手に取った。

第四章

カインバーク邸で暮らし始めてから二週間後。

澄み切った青空がどこまでも広がり、雲一つない快晴の朝。メロリーの部屋には、ルルーシュの心地好い挨拶が響き渡った。

「おはようございます、メロリー様」

「おはよう！　ルルーシュ」

実家で暮らしていた頃は、誰かに起こしてもらうことなんてなかった。

それどころか、乳母がいなくなってからは挨拶を交わす相手さえいなかったメロリーは、こんな些細《ささい》なやり取りにさえ幸福を感じた。

「昨日はよく眠れましたか？」

「とっても！　ベッドがふかふかしてて、ずっと眠れそう」

「ふふ、それはようございました」

メロリーがベッドから起きると、ルルーシュの手によって身支度がなされる。

顔を洗う水を用意するのも、服を着るのも、髪の毛を梳《と》くのも、もちろんこれまで全て自分でやっていた。

そのためこんなふうに世話をされることに未だに慣れなかったけれど、これまた幸せな時間だった。

（それにしても、自分のこんな姿にもまだ慣れないなぁ）

メロリーは姿見の前に立ち、自分の姿をまじまじと見つめる。

実家での生活からは考えられないほど潤《うるお》った髪に、滑らかな肌。ルルーシュの手によって化粧が施された瞳は大きく見えるし、唇もつやりとしている。

それに、健康的な生活のおかげか、頬……どころか全身がふっくらしたように見える。

（美味しいご飯にふかふかのベッド、触り心地の好い服に毎日の湯浴み。ルルーシュは優しいし、幸せすぎて怖いくらい）

更に婚約者であるロイドは、忙しいはずなのに仕事の合間を縫って会いに来てくれる。

できるだけ食事くらいは共にしたいと、最低でも一日に一回は一緒に食卓を囲み、色々な話をする。

その時間はとても楽しくて、実家にいた頃には全く想像できなかった毎日を送れていた。

（それに、何と言っても……）

メロリーは逸《はや》る気持ちを抑え、今日は部屋に用意された朝食の席に着く。

「ね、ルルーシュ、朝食を食べ終わったら、早速離れに行きたいんだけど――」

朝食を終えたメロリーは、ルルーシュとともに敷地内にある離れに来ていた。

メロリーは慣れた手つきで離れに置いてあった白いエプロンを身に着ける。

これはルルーシュに頼んで用意してもらった。調合の際、ドレスを汚してしまわないためのものだ。

「メロリー様、必要な素材はこちらのテーブルに置いておけばよろしいですか？」

「ありがとう！」

離れの中にはテーブル、その上にはロイドが用意してくれたものと自ら持参した調合器具。素材をしまっておく保管庫に、椅子だけでなくソファセットも完備されている。

窓は大きく、調合の際の臭いが籠もらないようになっているのは本当に助かった。

「今日はどのようなお薬をお作りになるのですか？」

メロリーはこの屋敷に来てから、毎日この離れに足を運んでいた。何なら、自室にいる時間よりも長くいるかもしれない。

「ロイド様が昨日頭痛がすると言っていたから、頭痛を軽減させられる薬を作ろうと思って！」

「それはそれは。旦那様もお喜びになりますね」

「それと、セダーが腰痛を軽減する薬がまた欲しいと教えてくれたから、それも作るつもり！　ああ、それにルルーシュが一昨日喜んでくれた、耳が痒くなりづらくなる薬も作っておくね」

「ありがとうございます」

メロリーは最近、ロイドだけでなく、屋敷に住む人々の薬も作るようになっていた。

——メロリー、君にはこの屋敷の者たちの仕事の効率が上がったり、ちょっとした悩みや不調を解決したりするような薬を作ってほしいんだ。

仕事を求めたメロリーに対して、ロイドが言ったのはそんな言葉だった。

それは、調合を愛するメロリーにとってこれ以上ない素敵な仕事で、むしろそんなことでいいのかと問いかけたほどだ。

何しろ大好きな調合を好きなだけできる理由をもらえたのだから。

しかし、不安はあった。

ロイドやアクシス、ルルーシュはまだしも、多くの使用人やロイドの部下たちは、メロリーの作る薬なんて欲しがらないのではないか、と。そのため、使用人たちに困りごとを聞いて薬だけは作っていたが、渡せなかった。

だが、この離れで薬を調合し始めてから一週間ほど経った日、メロリーの悩みは解消された。

なんと執事長のセダーの方から、腰痛に効く薬をメロリーに作ってほしいと頼んできたのだ。

どうやら、ロイドやアクシス、ルルーシュがメロリーの作った薬で助けられている様を見たことと、困っていることはないか、どんな薬だったら役に立てるかと使用人たちに聞いて回るメロリーの姿を見たことで、メロリーに対する印象が大きく変わったらしい。

メロリーはもちろん快諾し、『髭《ひげ》が薄くなるけれど、腰痛が軽減する薬』をセダーに渡した。

薬を飲んだセダーはその効果に感動し、その素晴らしさと、役に立てて良かったと喜ぶメロリーの人柄について使用人たちに広めた。

それをきっかけに、自然と使用人たちに薬を依頼されるようになり、また彼らとの仲が深まったのだ。

多くの人たちに自分が作った薬を求められ、またそれを飲んで喜ぶ姿を見るのは、メロリーにとってこの上ない喜びだった。

(本当に、私にこのお役目をくれたロイド様に感謝しなくちゃ)

メロリーはロイドに感謝しながら、彼が事前に用意してくれた素材――薬草を自身が持ってきた乳鉢ですり潰し始める。

「ふふ、まずは頭痛を和らげる薬から！　ヤムギ、クロツメクサ、メンファーをすり潰して～」

その時々で思い付くリズムで適当に歌を口ずさみながら、今度はそれらをすり鉢へと移した。

「もっともっと～とろとろになるまで～」

片手にはすりこぎを持ち、もっと細かくすべく混ぜるようにしてすり潰していく。

すると、すり鉢の中には緑とも茶色とも言えるドロドロとした液体が出来上がった。

今度はそれを濾し器に通し、サラサラの液体になったものを透明な小瓶に注いでいく。先程よりもかなり色が薄くなっている。

「ふう……。出来上がり！」

ルルーシュはメロリーに「お疲れ様です」と声をかけてから、出来上がったそれをまじまじと見つめた。

「このような珍しくない薬草でも、メロリー様が作るとあんなに特別な効果が出る薬になるなんて、本当に不思議ですね。ちなみに、レシピなどはご自身で考案されたのですか？」

「そうよ。素材の種類、組み合わせ、配合の割合、混ぜる時間なんかで、違う効果を持った薬ができるから、色々試したの。念のために薬のレシピは書き出してあるけれど、一応全部覚えてるかな」

「えっ。ちなみに、現時点で薬の種類はいかほどあるのですか？」

「ん〜とね、五百くらい、かな」

「なんと……！　メロリー様は天才でいらっしゃいますね」

「そんなことはないと思うけど……」

尊敬の眼差しを向けてくるルルーシュに対して、メロリーは苦笑いを零す。

メロリーは、薬に関してだけ尋常じゃないくらいに記憶力が良かった。

けれど、特別頭が良いわけではない。

例えば、屋敷の間取りは一度では到底覚えられないし、幼い頃に乳母が将来役に立つかもと渡してくれた薬学以外の教材もさほど理解できなかった。

文字の読み書きだって、むしろ覚えは悪かったほうだ。

「薬のことしか覚えられないしね」

「それでも十分素晴らしい才能だと思います。あっ、次はどの薬をお作りになりますか？　執事長のものか……それとも私のものか」

ルルーシュは敢えて耳を触りながら、キラキラした目を向けてくる。

メロリーはそんなルルーシュを見て、ふふっと笑い声を出した。

「じゃあ、先にルルーシュにあげる薬から作ろうかな」

「大変助かります」

「うん！　少し待っててね！」

メロリーは再び手を動かし始め、今度はルルーシュのための薬の調合を始める。

手つきは真剣そのものだが、ついつい頬が緩んでしまった。

（こうして誰かに薬を求められるなんて未だに慣れないけれど、嬉しすぎてニヤニヤが止まらない……！　私の作った薬がロイド様や皆様のお役に立てると思うと、もう……！）

気を抜けば口元から涎《よだれ》が垂れてしまいそうなほど、表情筋に力が入らない。

メロリーは一度乳鉢から手を離すと、ニヤついた顔を元に戻さなきゃと両手で頬をむにっと挟んだ。

「メロリー、少しいいかい？」

その時、ノックの音がしたと思ったら、すぐに離れの扉が開いた。

「ふぁ、ロイドしゃま……！」

つい両頬を挟んだまま名前を呼んでしまったメロリーを見て、ロイドはその場に膝をついた。

「ぐっ、いきなりそれはダメだメロリー、可愛いが過ぎる……！　心臓が……痛い……」

「心臓!?　大丈夫ですか!?」

それは大事《おおごと》だ。

メロリーは慌ててロイドに駆け寄ると、その場に膝《ひざ》を突く。

ロイドは心配そうにこちらを見つめるメロリーの手をそっと握り締めると、安心させるように穏やかに微笑んだ。

「……ああ、大丈夫。メロリーの手を握っていたら、自然と治りそうだ」

「本当ですか⁉」

「――旦那様？」

ルルーシュの鋭い視線に加え冷たい声までぶつけられたロイドはしぶしぶメロリーの手を離すと、彼女とともに立ち上がった。

そして、心配してくれたメロリーに礼を伝えてから、本題を切り出した。

「メロリー、ここに来たのは他でもない。君を誘いに来たんだ」

「何にですか？」

「私とデートに行かないか？」

「……デート？」

自分とは縁遠い言葉に、メロリーは目を白黒させた。

◇　◇　◇

ロイドからデートの誘いを受けたメロリーは、急ぎ残りの薬を調合してから、ルルーシュとともに自室へ戻ってきていた。

姿見の前で直立するメロリーに対して、ルルーシュはクローゼットから引っ張り出してきたワンピースを彼女の体に当て、うーんうーんと首を捻る。

「どれもお似合いですが、目的地まで馬で向かわれると伺っておりますので、できるだけ動きやすいワンピースにしませんと。けれど、可憐さも備えていないとせっかくの初デートですしね……。陽射しが強いのでつばの大きな帽子も必要ですし、それに楽な靴も用意しなければ……」

「ルルーシュ、私は何でも構わな――」

「何を仰います。初めてのデートというのはまさに勝負。旦那様のためにも、メロリー様が快適に過ごし、更に憂いなく楽しむためにも、最善を尽くさなければ」

ルルーシュの圧に、メロリーは圧倒されてしまう。

（勝負というのはよく分からないけれど、ルルーシュがこんなに頑張ってくれているんだから任せよう……）

時刻は正午前。

準備が出来次第、メロリーはロイドとともに馬に乗って屋敷の近くにある湖畔《こはん》に行き、屋敷のシェフが用意してくれた昼食をとる予定だ。

それから何をするのかは詳しく聞いていないが、任せてほしいと言われたので、何か考えがあるのだろう。

（それにしても、ロイド様は本当にお優しいな。私と湖畔に行くために、必死でお仕事を終わらせてくれるなんて）

今朝、朝食を一緒にとれなかったのも、デートをする時間を確保するために早朝から休みなく働いていたからのようだ。

ちなみにこれは、自室に戻る途中で偶然会ったアクシスから聞いた話である。

(でも、不思議)

そうまでしてデートに誘ってくれたロイドに対して、メロリーは疑問を持っていた。

何故、好意を持つ相手を誘うデートなんてものに、自分が誘われたのだろう、と。

(ロイド様は私が作る薬に惹かれて結婚を申し込んでくれたはず。それなら、私を湖畔に連れていくよりも、あのまま離れで調合していた方があの方にとっても良いんじゃないのかな?)

それなのに、一体どうしてだろう。

(ただ単にロイド様が湖畔に行きたかっただけとか? もしかしたら、私が外に出たいんじゃないかって気を遣ってくれた?)

ロイドのことだ。後者の方が可能性は高い気がするが、何にしても自然に触れられる場所に行けるのは、とても楽しみだ。

身支度を終えたメロリーはルルーシュに礼を伝えてから、待ち合わせの正門に向かったのだった。


正門に着くと、馬を撫でているロイドの姿が見えた。

メロリーがロイドに駆け寄れば、彼は一瞬目を見開き、「くっ」と声を吐き出した。

「メロリー……今日の君も綺麗《きれい》だ。そのワンピースに帽子、よく似合っている。髪を結っているのも可愛らしい。何度も言うようだが……まさに天使だ」

「あ、ありがとうございます？」

（相変わらず、ロイド様は独特な感性を持っていらっしゃるなぁ）

それでも、ラリアの引き立て役として参加した夜会では心ない言葉しか飛んでこなかったので、褒められるのは素直に嬉しかった。

「ロイド様も、とても素敵です！」

普段の黒い軍服姿とは違い、装飾のついた白いシャツに黒い革のズボンを穿《は》いている。シャツは広い肩幅を、ズボンは長い脚を引き立てていた。

「ありがとう。メロリーに褒めてもらえるなら、毎日こういう服を着たいくらいだ」

「普段の軍服姿もとてもお似合いですよ？　格好良いです」

深く考えず思ったことを口にすれば、ロイドは自身の額を手で押さえて「ふぅー」と深く息を吐いた。

「今から軍服に着替えてこよう。待っていてくれ」

「え⁉」

「ああ、しかしそれではメロリーを待たせてしまうな……」

真剣に悩み始めたロイドに、メロリーは今の姿のままでいいからと伝える。

ロイドは「メロリーがそう言うなら」とこの場に留まると、スッとメロリーに手を差し出した。

「メロリー、手を。ちなみに乗馬の経験はあるか？」

「ありません。乗れるでしょうか……?」

「私が支えているから問題ない。怖くないようゆっくり進むから安心してくれ」

「ありがとうございます」

ロイドの手を取れば、彼は宝物に触れるみたいに優しく握り返し、馬に乗せてくれた。

未だに細く、骨張っているメロリーの手をまるで慈しむように。

(関わる度に思うのよね。ロイド様は本当に優しい人だなぁって)

怖くないか? と心配してくれる声も、寄りかかっていいからなと気遣ってくれる声も、たまに顔を覗《のぞ》き込んできた時に見せる、木漏れ日のような穏やかな笑顔も。

(どうして、こんな人が冷酷だなんて言われてるんだろう?)

抱いた疑問をそのままに、メロリーは馬に揺られた。

湖畔のほとりに到着したので、馬を木に繋ぎ、草や水分を与える。

それから、二人は昼食をとる前に湖の周りを少しだけ散歩することにした。

「わぁ……! 綺麗な湖……!」

湖はそれほど大きくないが、底が見えそうなほど透明度が高い。

時折ピチピチと跳ねる魚を見つけては、メロリーは楽しそうに声を上げた。

メロリーに合わせて、ロイドはゆったりとした足取りで進む。

そして、大きなつばに隠れて見えないメロリーの顔を覗き込むために腰を折った。

「メロリー、手を繋いでもいいか?」

「え？　あ、はい。もちろんです」

肉付きが多少良くなったとはいえ、メロリーはまだ細い。

もしも転んだら骨が折れてしまうかも、と心配してくれたのだろう。メロリーはそんな考えから、嬉しそうに微笑むロイドと手を繋ぐ。

自分とは違う、ゴツゴツとした大きな手。メロリーは歩きながら、つい繋いだ手と手を見つめた。

「ロイド様の手は私の手と全然違いますね。硬くて、大きい」

感想を述べれば、ロイドは大きく肩を揺らし、足を止めメロリーに向き合ってその肩に手を置いた。

「メロリー、君に他意がないことは重々分かっているが、今の発言はだめだ。私以外の前でしないでくれ」

「……？　は、はい」

何がいけなかったのか分からなかったが、ロイドが必死な形相で言うので頷いておいた。

ロイドは平静を取り戻したのか、メロリーの肩から手を離し、再び彼女の手を取った。

「私の婚約者は天使だとばかり思っていたが、まさかの悪魔でもあったとは。いや小悪魔というのか……？」

「いえ、魔女ですが……？」

相変わらずおかしなことを口走るロイドに、メロリーはふふ、と笑みを零したのだった。

湖の周りを少し散歩した後は、二人で屋敷のシェフが用意してくれた昼食をとった。

いつもより動いたからか空腹感が強く、更に自然の中で食べるサンドイッチはとても美味しく感じられた。

「メロリー、少し休憩したら行きたいところがあるんだが、いいか？」

食事を終えた頃、隣に座るロイドが問いかけてくる。

その時のロイドの顔はどこかわくわくしているように見え、メロリーはつられて微笑んだ。

「もちろんです。何だか楽しそうですね」

「それはそうだ。メロリーとこんなふうにゆっくり一緒にいられるだけで嬉しいし、君が喜んでくれる姿を想像するだけで幸せだ」

「え？　私が喜ぶ？」

どういうことだろうと小首を傾げたメロリーだったが、それはすぐに分かることとなった。


「わ〜〜！　ロイド様！　ロイド様！　見たことがない野草が生えてます！」

ロイドが連れてきてくれたのは、湖から徒歩で十分ほど離れた森だった。

木が生い茂るそこはうっすらと木漏れ日が射しているだけで、やや薄暗い。

花畑と違って色は緑と茶がほとんどで、目を楽しませるようなところではなかったが、新しい薬を作るために日々薬草を探しているメロリーにとっては、至福の瞬間だった。

「ロイド様、見てください！　あの野草は薬草のハンレラです！　図鑑で見て、欲しいと思っていたんです！　あっ、あっちにも図鑑に載ってたのが！　あ、そっちのは図鑑でも見たことがないです……！」

メロリーは興奮が抑えきれず、ロイドの横から走り出し、ハンレラが生えている場所へと駆け出した。

ワンピースの裾が地面につかないように気を付けてしゃがみ込み、その薬草を地面から抜くと、嬉しそうにじっと見つめた。

「良かった。喜んでもらえて」

すると、そんなメロリーの隣に、ロイドがさりげなくしゃがみ込んだ。

その際、メロリーは薬草に夢中になっていたばかりにロイドに礼の一言も伝えていないことを思い出した。

「私ったら、ここに連れてきていただいたお礼も言わずに、大変失礼しました……！」

「それくらい喜んでくれたってことだろう？」

ロイドはメロリーの顔を覗き込みながら、冷酷だと言われているのが信じられないほどの柔和な笑みを浮かべている。

「は、はい。せっかく辺境伯領に行くならば、新しい素材も見つけられたら嬉しいなと思っていたので」

「そうだと思った。この辺りにはシュテルダム伯爵領にはない薬草が多く生息しているらしいから、メロリーを誘って正解だったな」

「ロイド様……」

どうやらメロリーの考えなんてお見通しだったらしい。

「本当に、何から何までありがとうございます……！」

ロイドはメロリーが作る薬に惹かれている。

もしかしたら、新たな素材があれば新薬もできるのではと考えてくれた結果、こうして薬草採取に連れてきてくれたのかもしれない。

自分と同じように、調合に、薬に興味を持ってくれる人がいることは、メロリーにとって何よりも嬉しいことだった。

「こんなに素敵な笑顔を見せてもらえるなんて、むしろ俺が礼を言いたいくらいだ。ありがとう、メロリー」

「……っ」

礼を伝えられ、思わずメロリーの心が大きく乱される。

ロイドの人柄の良さは分かっていたつもりだったが、こちらに気を遣わせないためにこんな言い回しまでしてくれるなんて……。

「ロイド様は、本当にお優しい人ですね」

「そんなことはない。俺は自分がやりたいと思ったことをやっているだけだ」

「いいえ、そんなことはありません。ロイド様は本当に、本当にお優しい方です。私は、ロイド様の優しさに救われています」

以前、御者からロイドが冷酷だと言われていることは聞いた。その理由は知らないが、大なり小なり原因はあるのだろう。

(……気にならないと言ったら、嘘になる、けど)

メロリーはロイドと出会い、人となりを知って、彼が冷酷とは正反対の優しい人間であることを知った。

それだけで十分……いや、それが重要なのではないかと考えていた。

「……君には遠く及ばない。今はもちろん、幼い頃から誰よりもメロリーは優しい子で……救われたのは、俺の方だ」

「幼い頃……?」

はて、いつのことだろう。ロイドと初めて出会ったのは、三年前の夜会の時だったはずだ。

疑問の表情を浮かべるメロリーに対し、ロイドは慌ててズボンのポケットから取り出したものを彼女に手渡した。

「すまない。忘れてくれ。草で手を切らないように手袋と、持って帰るための麻袋も用意してあるんだ。良ければ使ってくれ」

「え?　あ、はい。ありがとうございます」

そうして、ロイドも手袋を装着すると、メロリーにどの薬草を摘めばいいのかを尋ねながら採取を手伝ってくれた。

(さっきのは何だったんだろう?　言い間違い?　それとも誰かと勘違いしたのかな?)

気にはなったものの、ロイドが忘れてくれというので、メロリーは深く考えずに薬草選びに集中した。


それから約二時間。

時折休憩を挟みながら、二人は薬草を摘み続け、ついに麻袋はいっぱいになっていた。

メロリーはそれを目にすると嬉しそうに頬を緩め、そのままロイドを見つめた。

「ロイド様、今日は本当にありがとうございました。湖も綺麗で、お散歩も気持ち良くて、お外で食べる食事は美味しくて、しかも薬草まで摘めました！」

「先程も言ったが、礼を言うのは私の方だ。メロリーとともに過ごせて、その上君の天使のような笑顔をたくさん見ることができたんだからな」

ロイドはそう言うと、手袋を外し、おもむろにメロリーの右頬に手を伸ばした。

「あの？」

そして、親指でメロリーの頬を優しく拭《ぬぐ》う。

目をパチパチと瞬かせるメロリーに、ロイドは自分の親指の腹を見せた。

「頬に土が付いていた。草を摘む時に付いてしまったんだろう」

「す、すみません！　お恥ずかしいところをお見せしました」

「いや、頬に土を付けるメロリーも最高に可愛らしいが、私が土に嫉妬したから拭ったまでだ。屋敷に戻ったら、ルルーシュにでもしっかり綺麗にしてもらってくれ」

──土に、嫉妬。

生きてきてこのかた、そんな言い回しは聞いたことがないが、もしかしたら流行《はや》りの小説や演劇ではそんな表現が使われているのだろうか。

(ロイド様って、やっぱり独特な感性を持っている気がする)

その上、事実無根だが『変態』だと言われ、理由は分からないが『冷酷』だと言われている。

けれど、魔女だからと気味悪がらず、自身の作る薬を求めてくれるロイドは、メロリーにとって大切な存在で……。

(毎日こうして楽しく暮らせているのは、ロイド様のおかげ。もっともっと、この方のお役に立ちたい。ロイド様に、私を受け入れてくれた皆さんに恩返ししたい)

メロリーは頬の土を拭ったロイドの手を両手で握り締めた。

「私、ロイド様の婚約者になれて、本当に幸せ者です」

「!」

「これから、ロイド様の、皆さんのお役に立てるように、薬の調合を頑張ります!」

「……っ、あ、あ」

自身の恋情が欠片も伝わっていないことを改めて思い知らされたロイドは、ただただメロリーの発言に顔を赤く染め、乙女のようにか弱い声で返答することしかできなかった。

◇ ◇ ◇

もう少しで陽が傾く頃。

大量の薬草を屋敷に持ち帰ったメロリーは、ロイドと共に離れを訪れた。

薬草が傷まないよう、保管庫に保存するためだ。

本当は採取した薬草の一部を使い、このまま新薬の調合に入りたかった。

しかし、ロイドに「今日は疲れただろうから、調合は明日にしないか？　メロリーの身体が心配なんだ」と気遣わしげな面持ちで言われたら強行するわけにはいかなかった。

楽しみでならなかった新薬の調合が明日までお預けになるのは切ないが、役に立ちたい相手――ロイドに余計な心配をかけるのは本意ではない。

ちょうど手持ちに疲労回復系の薬がなかったこともあり、メロリーはコクリと頷いた。


保管庫に薬草を収納し終えたメロリーたちは、屋敷のエントランスで使用人たちに出迎えられ、現在は廊下を歩いていた。

ロイドが部屋まで送ると譲らないので、メロリーは甘えることにしたのだ。

「ロイド様、送ってくださりありがとうございます。もし急ぎの用がないのならお部屋でお茶でも飲まれますか？」

実際では使用人同然だったので、お茶を淹《い》れることには慣れている。

せめてもの礼にとお茶に誘ったメロリーだったが、ロイドからの返答はすぐにはもらえず、それどころか何故か彼は両手で顔を隠して天を仰《あお》いでいた。しかも小さく震えている。

「えっと……？」

「……すまない。メロリーから初めて茶の誘いを受けて、感動しているんだ」

「な、なるほど？」

やはり、ロイドは不思議だ。

口には出さなかったが、メロリーはそう思わずにはいられなかった。

「お話し中のところ、大変失礼いたします。旦那様、少しよろしいでしょうか」

「ルルーシュ、どうした」

するとメロリーの帰宅の知らせを受けてティーセットを部屋に運ぼうとしているルルーシュが声をかけてきた。

いつの間にかロイドは両手を顔から離しており、平然とした面持ちでルルーシュに視線を移している。

「たった今、メッシブル公爵家の家紋がついた馬車が屋敷の前に到着したと報告を受けましたので、お伝えに参りました。現在セダーが応接間に案内中とのことです」

「メッシブル公爵家だと？　今日訪れるなんて連絡は受けていないが……」

耳にしたことのある家名に、メロリーはラリアの引き立て役として出席していた夜会のことを思い出した。

（メッシブル公爵家って、あの？）

——王家との繋がりも深い、メッシブル公爵家。

引っ込み思案なのか、それとも何か訳があるのか、当主はほとんど社交場に出てこないという。その一方で妻である公爵夫人は社交界に精力的に参加しており、しかしながらいつも一人で訪れることから、夫婦の不仲説が囁かれていた。

(公爵夫人のことは何度か夜会でお見かけしたけど、艶《つや》やかな長い黒髪の、とっても美しい人だった気がする。妖艶って言葉が似合う感じの。そういえば、雰囲気が少しだけロイド様に似ていたような?)

そんな感想を抱くメロリーをよそに、ロイドは口元に手をやって考える素振りを見せた。

「馬車に乗っていたのは夫人と従者のみか?」

「いえ。それが……」

口籠もるルルーシュに、ロイドは目を見開いた。

「まさか、公爵も来ているのか?」

「はい。帽子を深く被り、ストールのようなもので口元も隠していたそうですが、公爵家当主のお名前を名乗っていたと聞いております。公爵夫人がそのお方と腕を組んでいたことからも、おそらくご本人で間違いないと思いますが、恐れながら使用人の中で公爵様のお顔を見たことがある者はいないので、何とも……」

「……なるほど。分かった」

どうやら、メッシブル公爵と思われる人物もこの屋敷に来ているらしい。

しかも、先触れもなしとのことだ。

貴族教育をまともに受けていないメロリーでも、この訪問がかなりイレギュラーであることくらいは分かる。

（一体何が起こっているんだろう？）

皆目見当がつかない。

一方ロイドは「もしかしたら……」と呟いてから、我に返ってメロリーに視線を移した。

「すまない、何の説明もせずに」

「いえ！　それは全く構わないのですが……ロイド様はこれからメッシブル公爵夫妻のもとへ行かれるのですか？」

「ああ。一旦自室に戻り、着替えてから行くつもりだ」

いきなりの来訪とはいえ、相手が公爵夫妻ではラフな装いで赴くわけにもいかないのだろう。

（何にせよ、お茶はまた今度だなぁ）

また折を見て誘おうとメロリーが思っていると、ロイドの窺《うかが》うような視線に気が付いた。

「ロイド様？」

「メロリー、疲れているところ本当に悪いんだが、良ければ君も一緒に来てくれないか？」

「え？」

「せっかくの機会だから、君を私の婚約者だと紹介したいんだが」

「あ……」

ロイドやアクシス、ルルーシュは元から好意的だったし、最近ではセダーを筆頭に使用人の多くがメロリーに対して偏見の目を向けなくなった。

メロリーにとってこの屋敷での日々は、まさに温かな湯に包まれているような心地好さで満たされている。それこそ、楽園と言ってもいいほどに。

けれど、辺境伯であるロイドと婚約したのだから、これからは屋敷外の者たちとも挨拶を交わすことが必ずあるだろう。

色眼鏡で見られることも、恐れられることも、もしかしたら罵詈雑言《ばりぞうごん》を浴びせられることだってあるかもしれない。

(でも、別にそれは構わない)

そんなの、慣れっこだ。家族にさえ疎まれ、社交界ではずっとラリアの引き立て役として陰口を叩かれていたメロリーにとってはさほど辛いことではなかった。

(でも、ロイド様まで悪く言われるのは、嫌だな……)

あんな魔女を婚約者にするなんて、と思う者は決して少なくないだろう。

もしも相手方がそれを態度に出したら、ロイドは嫌な気持ちにならないだろうか、傷付かないだろうか。メロリーは、それだけが不安でならなかった。

「えっと、その……」

目を泳がせながら言葉に詰まるメロリーを目にしたロイドは、その場に片膝を突き、彼女の手をするりと取った。

「もしかして、メロリーを婚約者だと紹介したら私が悪く言われるんじゃないかと心配しているのか？」

「……！　何で、それを」

「優しいメロリーの考えていることくらい分かるさ。だが、その心配は無用だ。私は何を言われても、君を婚約者にしたことを後悔なんてしない」

それに、むしろ何か言ってくる奴には、それなりの制裁を食らわせるとロイドは話す。

片手で拳を作り、少し冗談っぽく話すロイドに、メロリーはふふっと笑みを零した。

「それじゃあ、私はロイド様が穏やかでいられるような薬も考案しなくてはなりませんね」

「それは助かるな。穏やかな思考の上で制裁を与えるとしよう」

「そ、それでは薬の意味がありませんが……!?」

確かに、と言って笑うロイドに、ついメロリーもつられて口元を緩ませる。

メロリーの不安は完全になくなったわけではなかったけれど、不思議と先程までよりも心が軽くなっていた。

「……分かりました。ご挨拶に伺わせてください。服を着替えるので、少しお時間をもらってもいいですか？」

「もちろんだ。ゆっくり支度してくれ。それと、おそらく今日は大丈夫だ。……それじゃあルルーシュ、あとは頼んだぞ」

「かしこまりました」

第五章

ロイドと一旦別れたメロリーは自室に戻り、ルルーシュと身支度を始めた。

化粧と髪を手直しし、淡い桃色のドレスに着替えたあと、応接間の前で一度深呼吸をする。

「ふぅ、緊張する……」

ルルーシュ曰《いわ》く、ロイドは既に応接間に入り、メッシブル公爵夫妻の相手をしているらしい。

自分が入室することで話を中断させてしまうのは申し訳ないが、ずっと部屋の前にいるわけにもいかないと、メロリーは意を決してノックをする。

扉を開けて出迎えてくれたロイドに温かな笑みで出迎えられてから、奥のソファに座っている二人の人物に向かってカーテシーを見せる。

「お話し中に失礼いたします。私はロイド様の婚約者で、シュテルダム伯爵家長女のメロリー・シュテル」

「う、うわぁ……！」

「え」

名乗る途中で、ロイドではない男性の、驚いたような、それでいてどこか怯えたような声が部屋に響いた。

メロリーが咄嗟《とっさ》に顔を上げると、奥のソファに座る藍色の服を着た男性が俯《うつむ》いて両手で顔を隠している。

その隣にいるのは、男性よりもやや淡い青色のシックなドレスを纏った公爵夫人だ。事前の情報とこの状況から察するに、その男性はメッシブル公爵で間違いないようだ。

(も、もしかして、公爵様は私の魔女特有の白い髪と赤い目を見て、怖がっているんじゃ……!)

そう考えたメロリーは、誰の目からも分かるほどに慌てふためく。

嫌悪の目を向けられるならまだしも、こんなふうに怯えられたらどうすればいいのか分からなかったのだ。

「あ、あの」

「メロリー、大丈夫だ」

何か言葉を絞り出さなければと思っていたメロリーの肩に、そっとロイドの大きな手が乗せられた。

子供をあやすような優しげな声がけのおかげもあり冷静さを取り戻せば、同時に夫人が公爵の背中を優しく擦《さす》っていた。

「——貴方、落ち着いて。大丈夫ですわ。誰も貴方を見て笑ったりいたしませんから」

「……っ」

公爵は顔を伏せながら、コクコクと頷いている。

一方でメロリーはそんな二人のやりとりを不思議に思い、ロイドの顔を見上げた。

「これは、どういう……」

確かなのは、公爵がメロリーの姿を見て怯えたため、今のような状況に陥っているわけではないということだ。

もっと言うならば、公爵は自分の見た目が笑われるのではと恐れているということ。

両手で顔を覆っているのは、顔を隠している、ということで間違いないだろう。

（……分からないけれど、深い事情があるのね。じろじろ見ないようにしよう）

メロリーは魔女特有の見た目のせいで、人から様々な思惑の籠もった目を向けられてきた。

相手はこちらが気付いていないと思っているのかもしれないが、そういう視線は向けられれば向けられるほどに敏感になることを、メロリーは知っていた。

「メロリー、とりあえず座ろうか」

「分かりました」

ロイドに促されるまま、公爵夫妻の向かいのソファに腰を下ろした。

すぐ隣にロイドも腰を下ろせば、夫人は公爵の背中を擦る手を止めて、ソファの端に置いてあった公爵の帽子とストールを手に取る。

それを公爵に身に着けさせ、彼の顔がこちらに見えないようにしてから、メロリーに視線を移した。

「メロリー様、でしたわね。主人には少し事情があって……決して貴女が原因でこうなっているわけではないのよ。許してくださいね」

「は、はい。もちろんです」

「それと、挨拶がまだだったわね。彼はメッシブル公爵家の当主、トーマス・メッシブル。私が妻のビクトリアよ。先触れもなく訪れてごめんなさいね」

ビクトリアの謝罪に続くように、トーマスは小さく頭を下げた。帽子とストールのおかげか、先程までの怯えたような雰囲気は感じられない。

「い、いえ……！　改めまして、メロリー・シュテルダムと申します。ご挨拶の機会をいただけて、光栄です」

「何度か夜会でご一緒したけれど、話したことはなかったものね。ああ、そうだわ。ご婚約おめでとうございます、メロリー様。……それにしても、見違えるほど美しくなったのね。以前見かけた時は、表情は暗く、ドレスも地味なものばかりお召しになっていたから驚いたわ」

「！」

ラリアの引き立て役として参加していた社交場で、メロリーが美しいドレスを身に纏うことはなかった。

やせ細った体を隠そうともしない、地味で、流行りが過ぎたドレスを着るよう強要されていたからだ。

確か両親は、「どれだけドレスを買い与えても、粗末にしたり失くしたりするだらしない娘なんだ」と、メロリーのことを吹聴して回っていた。

貧相な容姿を蔑まれたり、引き立て役に徹するためとはいえ悪者にされることに、さすがのメロリーからも笑顔は消え、いつも暗い表情をしていた。

（そんな私とは正反対で、ラリアはいつも流行りの華やかなドレスを身に纏って、男性たちに囲まれながら楽しそうに笑ってたなぁ。確か、周りにばれないように私のことをチラチラ見て笑ってたっけ）

そんなラリアのことを、羨《うらや》ましいと思ったことはない。

だが、我ながら妹の引き立て役としては優秀だったのでは？　と、そこだけは自負している。

メロリーはこの場でそんな役目を強いられていたことを話すつもりはなかった。

家族が求めるような薬を作れなかった、出来損ない魔女の自分が家族のためにできる唯一のことだと、これは仕方のないことだと納得していたからだ。

「えっと、お褒めにあずかり、光栄です……？　もしも私が綺麗になったのだとしたら、全て屋敷の者たちのおかげです。あ、もちろんロイド様のおかげでもあります！」

ちらりとロイドを見つめてそう言えば、彼は目をカッと見開き、メロリーに顔を近付けた。

「そんなことはない。メロリーはもともと天使のように可愛らしく、美しいんだ。どんなドレスや宝石も、君の輝きの前では霞《かす》んでしまうくらいさ」

「それはドレスや宝石に失礼では……!?」

「失礼なものか。それにメロリーの美しさは見た目だけではない。誰よりも優しく、清らかな心が

——」

「ストップ！　ストップです、ロイド様！」

ロイドの褒め言葉が止まらなさそうなので待ったをかけたが、あまり意味を成さなかった。

公爵夫妻の前だというのに、いつもと同様甘い言葉を吐いてくるロイドに、さすがのメロリーもたじたじになった。

（恥ずかしい……！　何より、こんなのを見せられて、公爵夫妻が怒ってしまわないかな⁉）

メロリーがビクトリアの表情を窺うためにちらりと視線を移すと、彼女はロイドを見て嬉しそうに頬を緩めていた。

「王女殿下との話も断って今回の婚約を強行したと聞いていたから、相当メロリー様にベタ惚れなんだとは思っていたけれど、想像以上ね。血は争えないわ」

「当然です。そもそもお互い様でしょう？　公爵閣下のことを誰よりも深く愛していらっしゃるではありませんか」

「それこそ当たり前でしょう？」

「ああっ、ビクトリア、恥ずかしいからやめておくれ……！」

ちらりと見えた耳を真っ赤にしながら、恥ずかしそうに体を震わせているトーマスの気持ちが、メロリーには少し分かる。

（まあ、私の場合は、公爵様とは全然状況が違うんだけどね。メッシブル公爵夫妻の前だから、ロイド様はいつもより余計に仲が良いことをアピールしているだけのはずだし……）

それでも、ここまで人前で相思相愛の婚約者同士のようなことをされては、恥ずかしさでどうにる。

かなってしまいそうだ。

けれど、今はそれどころではない。

「あの、お二人って……」

メロリーがロイドとビクトリアを交互に見ながら囁けば、ロイドが「そういえば」と話を中断する。

「伝えるのを忘れていてすまなかった。メッシブル公爵夫人は私の母の妹で、叔母なんだ」

「え⁉」

まさかロイドとビクトリアが親族だとは思わず、メロリーの声は思わず裏返る。

（公爵夫人がロイド様の叔母様だなんて……）

ロイドの両親は既に他界しているらしく、彼の親族に会うのはこれが初めてだ。

しかし、この部屋に来る前にも思ったように、二人は雰囲気がよく似ている。二人の関係を知った今、なるほどと納得できた。

「ロイド、貴方が伝え忘れるなんて意外ね。姉さんと一緒で割と抜け目がない子なのに」

「叔母上が突然来るからでしょう」

「ふふ、それはそうね。メロリー様、驚かせてしまってごめんなさいね」

「すまない、メロリー」

「い、いえ！　そんな……！」

二人から謝られ、必死に胸の前で両手をブンブンと動かしたメロリーだったが、はたと、ある疑問を抱いた。

（公爵夫人は、甥《おい》であるロイド様が魔女の私なんかを婚約者にしたことを、不満に思ってないのかな？）

先程の二人の会話を思い返すと、ビクトリアはロイドがメロリーを大切にしていることを褒めていた。

確かに、甥が浮気をしたり薄情者だったりするよりは、誰か一人を大切にしていた方が望ましいだろうが、如何《いかん》せんメロリーは魔女だ。

この国の人間のほとんどは、魔女は陰湿かつ陰険で忌み嫌うべきものだと認識している中で、ビクトリアの反応は些《いささ》かおかしくはないだろうか。

（ハッ！　もしや、私が魔女だと知らないとか！）

ロイドが説明しているだろう。見た目で察するだろう。

そう勝手に思い込んで、魔女であると話していないことに気付いた。

「あ、あの！　不躾《ぶしつけ》で申し訳ありませんが、私は魔女なんです！」

とりあえず自分が何者かを正確に伝えなければと、応接間に響き渡るほどの大きな声で正体を明かした。

どうせ隠していてもすぐにバレてしまうのだから、もしも誤解があるのならば早く解いてしまいたかったのだ。

「ええ、知っているわ」

「えっ」

さも当然と言わんばかりに告げたビクトリアに、メロリーは目を丸くした。

メロリーが魔女であることを知っていながら、普通に会話し、婚約も祝福してくれていたなんて……。

「どう、して……」

疑問がつい、メロリーの口から溢れた。

たった四文字の言葉だったけれど、ビクトリアは粗方《あらかた》察したのか、ふふと口元に弧を描いた。

「魔女が忌み嫌われていることも、貴女が役立たず魔女と言われていることも知っているわ。けれど、貴女が魔女であることで私は不利益を被っていないし、現に何度か貴女を目にして、不快だと思ったことも恐れたこともない。それに、メロリー様は愛する甥が選んだ女性だもの。……これで理由になっているかしら？」

「……っ」

パチッとウインクをしてみせるビクトリアに、メロリーはぎゅうっと胸を鷲掴《わしづか》みにされた。

（こんなふうに言っていただけて嬉しい。……それに、公爵夫人がかっこ良すぎる……！）

ビクトリアのことをキラキラした目で見つめていると、隣から視線を感じ、そちらを見つめた。

「な？　大丈夫だと言っただろう？」

雲の隙間から一筋の光が差したような、優しくて温かな笑顔を向けられ、メロリーもつられて微笑んだ。

「はい……！」

「……ふふ。何だか貴方たちを見ていると若かった頃の自分たちを見ているようで微笑ましいわぁ。ね、貴方」

ビクトリアに話を振られたトーマスは、コクコクと首を縦に振る。

それから少しの間、メロリーはビクトリアとたわいのない会話を交わし、親睦《しんぼく》を深めた。

屋敷の生活についてだとか、どんな服装が好みなのだとか、ビクトリアが流れるように話題を振ってくれたおかげで、メロリーはあまり緊張せずに話すことができた。

ビクトリアの計らいで互いの呼び方もかなり親しげなものになり、優しい上に格好良いビクトリアに、メロリーはどんどん惹かれていった。

「ふふ、メロリーちゃんは良い子ねぇ。……って、もうこんな時間」

ビクトリアは部屋の壁にかかっている時計を見て、目を丸くした。

時刻は夜の七時。

応接間にメロリーがやってきてから、約三十分経過している。

挨拶が終わったらすぐに退室しようと思っていたメロリーは、思わず眉尻を下げた。

「な、長々と居座ってしまい申し訳ありません……！　お話の途中でしたのに……」

「謝らないで。私がメロリーちゃんとたくさん話してみたくて引き留めたようなものだもの。ああ、そうだわ。良かったら今度は我が家に遊びにいらしてね」

「よろしいのですか？　ビクトリア様、ありがとうございます……！」

メロリーはビクトリアに笑顔を向けた後、すぐにトーマスに向かって軽く頭を下げた。

「公爵様、長々と申し訳ありませんでした」

「い、いや……」

先触れもなく来るくらいだから大切な用事があるに違いない。

それに、おそらくメロリーが来るまでは、トーマスはこの部屋で顔を見せていたはずだ。このまま自分がいたら、トーマスが顔を隠したままでいるのは想像に難くなかった。

ビクトリアと打ち解けられたとはいえ、まだメロリーはロイドの妻ではない。

トーマスのことももちろんだが、自分がこのまま居座るのは違うだろうという判断だった。

「では、私はこれで失礼いたします」

ビクトリアたちにはもちろん、ロイドにも一礼してから、メロリーはソファから立ち上がろうとした。

「メロリー、待ってくれ」

「え？」

しかし、ロイドに手首をやんわりと掴まれてしまう。メロリーは再び、ぽすんとソファに腰を落とした。

どうしたのだろうと目を何度か瞬かせると、ロイドはメロリーの手首を掴んだまま、ビクトリアたちの方を見ていた。

「先程の件ですが……叔母上たちのためにも、メロリーに話を聞いてもらった方が良いと思います」

「ロイド様……？」

メロリーが来る前に、ロイドは既に用件を聞いていたのだろう。

そこまでは察したが、その内容について見当もつかないメロリーは、流れに身を任せることしかできなかった。

ビクトリアは口元に手を当てて考える素振りを見せてから、心配そうにトーマスに問いかけた。

「……ロイドがそこまで言うのなら私は構わないけれど、貴方はどう？　私は貴方の気持ちが一番大事よ。だから、無理はしなくても――」

「メ、メロリー嬢は……」

ビクトリアの労《いたわ》る声を遮るように、トーマスは自身の膝の上に置いた手をプルプルと震わせながら口を開いた。

「私が顔を隠しても、興味本位で顔を覗き込んできたり、不審そうな目で見てきたりしなかった……。それに、彼女は、ビクトリア……私が愛した君の大切な甥である、ロイドくんが選んだ女性だ……。遠からず親族となる彼女のことを、信じてみたいと思う……」

「貴方……。分かったわ。トーマス様がそう仰るなら、私に否やはありません」

トーマスはコクリと頷くと、ゆっくりと帽子を外す。

その次に顔の半分を隠そうかというストールもパサリと取り払い、ゆっくりと伏せた顔を上げた。

「私が顔を隠していたのは、この肌のせいなんだ……」

「……！」

酷く日に焼けたような、全体的に赤らんだ素顔を見せたトーマスに、メロリーは目を見開いた。

「うっ」

顔面を晒したトーマスだったが、すぐさま両手で顔を覆い隠し、俯いた。

そんなトーマスの背中を撫でたビクトリアは、おもむろに彼の肌の色について話し始めた。

「トーマス様は幼い頃からとても緊張しやすい性質《たち》で、そのせいで人前に出るのが昔から苦手で……」

聞けば、大勢の前に出るたびに酷く顔が赤くなったり、おどおどして上手く話ができなくなったりということがしょっちゅうあったらしい。

「トーマス様のご両親は何とかそれを克服させようと、多少無理にでも人前に出していたのだけれど……」

その結果、幼いトーマスは心に深い傷を負ったという。

周りに見られている、あの公爵家の長子はおかしいと思われているかもしれないという過度のストレスに加え、実際にトーマスの赤い顔やおどおどした態度を嘲《あざけ》る者がいたようだ。

誰にも聞かれていないと油断していた使用人たちに、社交場で会った同世代の貴族子息たち。常に緊張と戦うトーマスに対して、彼らは心ない言葉を吐き捨てたとビクトリアは話してくれた。

「そんな……」

当時のトーマスの気持ちを想像し、そして悲しげに話すビクトリアを見ると、胸が苦しくなる。

ちらりとロイドを見れば、彼も悲しげに眉を顰ませていた。

トーマスは震える手でビクトリアの手を握り締めると、何かに耐えるような声色を出した。

「……以降、私は屋敷の外にほとんど出られなくなった。抵抗なく顔を合わせることができるのは、両親や長年面倒を見てくれた執事、そして幼少期からの婚約者だった妻のビクトリアだけ……。こんな状態で社交界に出られるはずもなく、会合や社交界、視察はビクトリアに任せ、私は屋敷の自室で書類仕事をこなすだけで……。本当に、自分が情けない……っ」

トーマスはビクトリアの手を握る力を強め、奥歯をギリッと噛み締める。

悲しさと同時に、自分に対する悔しさが感じられた。

ビクトリアは表舞台に立つことを苦に感じていないと話すが、そうはいっても彼女の負担は大きい。

トーマスは、十分それを分かっているのだろう。

「……だが、貴方は変わりたいと、そう思ったのでしょう?」

ロイドが諭すように問いかければ、トーマスはコクリと頷いた。

「メロリー嬢は知っているかい……? 最近、私たち夫婦の不仲説まで囁かれていることを」

「は、はい」

「原因は言わずもがな、私が表舞台に一切出ないせいだ。ビクトリアは周りにどう思われようが平気だというが、本当はそのことに深く傷付いていることくらい分かる……。これでも、夫だから」

「貴方……」

「自分のせいで愛する人が傷付くのは、嫌だ……」

だから、トーマスは人前に出られるようになりたい、表舞台に立てるようになりたいと強く思い、行動に移すことにしたようだ。

「昔は失敗したが……やはり荒療治しかないのだと私は考えた。だから、ビクトリアに遅ればせながら結婚式をしようと提案したんだ。できるだけ多くの参列者を呼ぶことで私たち夫婦の仲が良好だということも広められるし、何より、結婚当初に挙げた式は私のせいで二人きりの簡素なものになってしまったから……。互いの両親やビクトリアの友人たちに、彼女の美しい姿を見せてあげたいんだ」

過去に辛い思いをしたはずなのに、ビクトリアのために再び困難に立ち向かおうとするトーマスの姿に、メロリーは目を潤ませた。

「お二人は本当に、愛し合っていらっしゃるんですね」

トーマスがこんなふうに決心できたのは、ビクトリアへの愛情故なのだろう。加えて、トーマスがここまで思えるようになったのは、ビクトリアのこれまでの愛情がしっかりと伝わっているからに違いない。

少しの間同じ空間にいて、こうして二人から話を聞いたり、互いに向ける表情を見るだけで、それが伝わってくる。

「ありがとう、メロリーちゃん。そう言ってもらえて嬉しいわ。……けれど、実は結婚式はやめようかと思っているの。今日ロイドには、そのことを直接伝えに来たのよ」

「え……！　あの、理由を伺ってもいいですか？」

おろおろと問いかけると、ビクトリアよりも先にトーマスが口を開いた。

「……さっきはああ言ったが、結婚式が近付くにつれ、私の体調が思わしくなくなってね。顔が赤くなるのは昔からだが、それに加えて目眩《めまい》がしたり眠れなくなったりしているんだ……」

「お医者様からは、不安感やストレスのせいで体調不良になっているのでは、と言われてしまったわ。その原因はおそらく……」

ビクトリアははっきり言わなかったが、トーマスの体調不良は結婚式に対しての不安感から来ているのだろう。

「……私はこれくらい平気だと言ったんだが、私が無理をすればするほどビクトリアが悲しい思いをする……。だが、結婚式に向けて体調を整えようと思っても、どうにも上手くいかない。頑張ろうとすればするほど、体調が悪くなるばかりで……」

「……そう、だったんですね」

「私を思いやってくれたトーマス様のお気持ちが本当に嬉しかったから、私はそれだけでいいの。トーマス様が体調を崩したり苦しい思いをしたりするぐらいなら、結婚式なんてしなくても構わないわ」

「だが……私は……っ」

トーマスがここに来ているということは、この状態のまま結婚式をやり遂げるのが不可能に近いことは分かっているからだろう。

しかし実際問題として、結婚式まで三ヶ月しかないという。

あと数週間もすれば招待状を送る手筈《てはず》のようで、決行するにしても中止するにしても、時間の猶予はほとんどないらしい。

(私の我儘《わがまま》かもしれないけれど、お二人には何の憂いもなく結婚式を迎えてほしいな……)

トーマスの声色から伝わってくる、まだ結婚式を諦《あきら》められないという思いも、ビクトリアの瞳の奥にある悲しみも、どうにかしてあげられないものかとメロリーは強く思う。

(私に、何かできることはないかな……)

出会ったばかりの二人だけれど、互いを思いやる姿を見ていると、そう思わずにはいられなかった。

しかし、メロリーが他者と違うのは、魔女特有の見た目と、変な副作用が現れる少し変わった薬を作れることだけ。

話し方はともかく肌の悩みに関する薬なら何とかなりそうだが、そばかすを薄くしたり、凹凸《でこぼこ》が少なくなるものなら作ったことがあるものの、肌の赤みを消すようなものができた記憶はない。

(でも、新しい素材も手に入ったし、新薬を色々と試せば、もしかしたらそんな薬が作れるかもしれない……!)

けれど、残り少ない時間の中で絶対に作れるとは言い切れない。

そんな中で、自分が、役立たず魔女なんかの自分が、この思いを口にしてもいいのだろうか。

結局薬ができなくて、自分が嫌われてしまうだけならまだいい。

変に期待を持たせることで、ビクトリアとトーマスを余計に傷付けてしまわないだろうかと、メロリーの心には不安が渦巻《うずま》いた。

「メロリー」

口籠もっていると、耳の奥にじんわり響くような優しいロイドの声が届く。

彼の方を向くと、顔を覗き込まれていた。

ロイドは涼しげな碧眼《へきがん》をうっすら細め、優しく微笑んだ。

「不確かなことを口にして、叔母上たちを余計に傷付けることにならないかと心配なんだろう？」

「な、何故私の考えが分かるのですか⁉」

「それはもちろん、君が天使のように優しい子だからだ」

「な、なるほど……？」

天使発言は今に始まったことではないので、メロリーはしれっと流したが、ロイドは言葉を続けた。

「メロリー、君の優しいところは美徳だが、君がそこまで考える必要はない。決めるのは二人だ」

「……それは、そうですが……！」

「それに、私の知るメロリーは、このまま何もせずに大人しくしていられるような人ではないと思うんだが？」

「ロイド様……」

メロリーは一度俯いてから、再びゆっくりと顔を上げる。

（私の作る薬で、お役に立てる可能性があるのなら――）

そして、意を決して口を開いた。

「あの、もしかしたら、お二方のお役に立てるかもしれません……！」

第六章

窓の外に雲一つない晴天が広がる。調合室の大きな窓からは暖かな日差しが入り込み、そよ風が白い髪を靡《なび》かせた。

メッシブル公爵夫妻が突如来訪した次の日の朝、朝食を食べ終えたメロリーが早速やってきたのは、離れの調合部屋だった。

「メロリー様、他に何かお手伝いすることはございますか？」

「ううん、ありがとう、ルルーシュ！」

作業台となるテーブルの上には、数々の調合器具と保管庫から出したいくつかの素材が置かれている。

調合の前準備として、つい先程ルルーシュと共に並べたものだ。

薬草や器具の洗浄は昨夜に済ませてあったので、あとは作業を開始するだけ。

メロリーは手伝ってくれたルルーシュに礼を言い、一旦彼女には屋敷に戻ってもらった。

ルルーシュは何でも手伝うと申し出てくれたが、調合自体は作業に慣れたメロリーのみで行うつもりだったからだ。

「さて、と！　新薬を作るためにはまず、新しい素材の効果を確認しないとね！　ビクトリア様と公爵様のために、絶対に成功させよう……！」

そう意気込むメロリーは、昨日採取したばかりの薬草を手に取りながら、昨夜のビクトリアたちとのやりとりを思い返していた。


『あの、もしかしたら、お二方のお役に立てるかもしれません……！』

力強い瞳でそう言うメロリーに、ビクトリアとトーマスは戸惑いの色を浮かべていた。

話の流れからして、メロリーが結婚式を無事決行できるよう手伝うという意味合いでその発言をしたというところまでは分かったのだが、如何せん具体的な言葉がなかったからだ。

『えっと……？　メロリーちゃん？　一体どういう……？』

優美で妖艶なビクトリアから、珍しく間抜けな声が漏れた。

メロリーは自身の発言があまりに説明不足であることを悟り、口早に話し始めた。

『実は私、薬の調合がとっても大好きで……！』

その発言を皮切りに、メロリーは両親から聞かされた、魔女だけが作ることのできる秘薬の話をし始めた。

両親が望むような薬ができず出来損ない魔女の烙印《らくいん》を押されたことや、それでも調合が大好きでこれまでたくさんの薬を作ってきたこと、最近ではロイドやアクシス、使用人たちに薬を求められ、自分の薬が誰かの役に立てるという喜びに目覚めたこと。

そして、ロイドの善意で離れに調合部屋をあつらえてもらったことや、これまで作ってきた薬の効果の数々、全ての薬に変な副作用が出てしまうが、肌の悩みに関する薬も作ったことがある旨を丁寧に説明した。

そしてメロリーは、最後にこう締めくくった。

『緊張しやすいというお心が私の薬でどうにかできるかは分かりません。ただ、顔の赤みに関しては、一時的に緩和することくらいは可能かもしれません……！　少しだけ、私にお時間をいただけませんか？』

ビクトリアとトーマスは突然のことに困惑していたが、ロイドがメロリーの薬のおかげで体調が回復したことや、副作用は比較的軽微なものばかりであることを説明すると、彼らは少しずつ冷静になり納得してくれた。

『メロリー嬢、初対面でこんな不躾な頼みをするのはどうかと思うが、私たちのために新薬の開発をお願いしてもいいだろうか』

『メロリーちゃん、私からもお願いするわ』

『はい……！』

メロリーは昨夜のことを思い出しながら手を動かすと、昨日採取したハンレラのみで薬を調合し終えた。

薄緑色の液状の薬が入った小瓶を手に持ち、それをジッと見つめる。

メロリーはいつも、新しい素材を使用したり、試したことがない組み合わせで薬を調合したりした際、その薬にどのような効果があるのかを知るために試飲する。

薬、といっても効果が分からなければ毒と同じで危険が伴うこともあるのだが、メロリーにその心配は無用だった。

「うん！　大丈夫そう！」

メロリーの赤い目を、多くの者は血のようで気味が悪いと言う。だが、この目には一つだけ能力が備わっていたのだ。

それは、自身の作った薬が人体にとって危険性が高いか否かを見分けるというもの。

見ただけでそれを判断できるというのは新薬を開発する際にとても役に立ち、メロリーのちょっとした自慢だった。

「できれば、この目で効果や副作用も分かるともっと嬉しいんだけどな」

安全が確保された薬を飲むのは、全然苦ではない。確かにちょっと苦いな〜と思うことはあっても、この薬はどのような効果があるんだろう？　副作用は？　とドキドキする時間は、あまり嫌いではなかった。

ただ、薬によってはそれらがすぐに出ないものもある。

一度試飲した薬の効果と副作用がはっきりするまでは新しい薬が出来上がってもすぐには試せないこともあり、それは少しもどかしかった。

「お二人の結婚式まで、あと約三ヶ月。遅くとも一ヶ月後には招待状を送るか否かの判断をしないといけないと言っていたから、新薬の開発に充《あ》てられるのは長く見積もっても三週間ってところかな……」

運良く新薬ができても、一度はそれをトーマスに飲んで判断してもらわなければならない。辺境伯領から公爵領まで馬車で二、三日はかかることから、メロリーに残された時間はあまり長くはなかった。

「時間もないし、まずはこの薬を飲んで、それから別の薬草でまた調合して……」

簡単に段取りを組みながら、メロリーは手に持つ小瓶を口に近付ける。

そして、唇が瓶の飲み口に触れそうになった途端、調合室の扉が開いた。

「メロリー、朝からご苦労様」

「ロイド様！　えっと、ようこそいらっしゃいました？」

ロイドが用意してくれた調合室なのに、我が物顔でようこそと言うのもおかしいかと途中で気付き、メロリーは小瓶を口元から離しつつ、語尾を上げて困ったように笑う。

ロイドはそんな様子にさえ「可愛い……！」と悶えた。

「どうしてこちらに？　何か薬が必要でしたら、私がお届けしますよ？」

「ああ、今度愛おしさで張り裂けそうな胸の鼓動を鎮《しず》める薬を作ってもらいたいんだが、今ここに来た理由は別だ」

（愛おしさで張り裂けそうな胸の鼓動を鎮める薬……？）

イマイチピンとこないが、動悸《どうき》を抑える薬なら作れるだろうかと考えつつ、続くロイドの言葉を待った。

「一つは、昨日の礼を言いたくてな。叔母上たちに手を差し伸べてくれてありがとう、メロリー」

「そんな！　私は可能性をお伝えしただけですし、それもロイド様の後押しがあったからで……。それに、お役に立てると決まったわけでも……」

「それでも、叔母上たちにとってメロリーの存在は大きな心の支えになったはずだ」

確かにビクトリアたちは、たとえ薬ができなかったとしても挑戦してくれるだけでありがたいと言ってくれた。

神の御業《みわざ》のような魔女の秘薬を求めた両親たちにはそんなふうに言われたことがなかったため、思わず泣きそうになってしまった。

「私、頑張ります！　絶対に、お二人には幸せな結婚式を迎えてほしいですし、その上で不仲説も払拭《ふっしょく》してほしいです！」

「ああ。良ければ私にも協力させてくれ。礼だけでなく、何か手伝えることはないかと思ってここに来たんだ。メロリーが作ってくれた薬のおかげで大きな仕事は終わらせられた。今は手が空いているから、その心配もいらない」

「いつもお仕事お疲れ様です！　ただ、お手伝い、ですか……」

ルルーシュを屋敷に戻したばかりのメロリーは、うーんと頭を悩ませた。

調合自体で手伝ってもらうことはなく、準備も既に終わっている。それどころか、昨日は薬草の宝庫のようなところに連れていってもらい、採取まで手伝ってもらった。

それだけで十分なのだが、ロイドの真剣な顔つきから察するに、お気持ちだけ受け取る、では引いてくれなさそうだ。

（とはいっても……。うーん、どうしたら）

メロリーが赤い目をあちこちに動かし悩んでいると、ロイドは彼女の手中にある小瓶を興味深そうに見つめた。

今さっき、メロリーが飲もうとしていたものだ。

「それはどんな効果の薬なんだ？」

「これは昨日、ロイド様と一緒に採ったハンレラで作った新しい薬でして、まだ何も分かっていないものなんです！　ですので、効果と副作用を知るために飲んでみようかと！」

自身の赤い目のおかげで安全性については問題ないことも付け加えれば、ロイドはくわっと目を見開き、メロリーの両肩を掴んだ。

「つまりそれは、この世で誰も飲んだことがないメロリーお手製の薬ということか⁉」

「え？　そ、そうですね？」

何も間違ったことは言っていないが、ロイドの表現はかなり大袈裟《おおげさ》だ。

そんなに大層なものではないのにと思っていると、ロイドは一瞬何か思いついたような顔をし、そして宝石のようなキラキラとした瞳でメロリーを射抜いた。

「メロリー！　君が新たに調合した薬を初めて飲む機会を、私にくれないか？」

「えっ⁉　どんな効果かも分からないのに、そんなの駄目です……！」

ロイドの発言にメロリーは驚きを露わにし、即座に断った。

いくら安全性が保証されているとはいえ、効果も副作用も不明なのだ。つまり、ロイドがしようとしていることはほぼ毒見役といっても過言ではない。

そんなことをロイドに……というか他者にさせるわけにはいかず、メロリーは激しく首を横に振った。

「それは……」

「だが、さっきのメロリーの反応から察するに、調合で私が手伝えることは少ないのだろう？」

「それに、時間は限られている。私が新薬を試し、メロリーがその効果や副作用から薬草の組み合わせなどを考察するのが一番効率がいいと思わないか？」

「それは、そうですが……！」

ロイドの言うことはもっともだが、これまで自らの身体でしか新薬を試したことのないメロリーは躊躇《ちゅうちょ》してしまう。

どうしようかと視線を泳がせれば、ロイドの懇願《こんがん》するような声が耳に響いた。

「私も、叔母上たちには幸せな結婚式を迎えてほしい。どうか、手伝わせてはもらえないだろうか……？」

「うっ……分かりました」

ビクトリアやトーマスを思うロイドの健気《けなげ》な気持ちを無下にすることはできず、メロリーはコクリと頷いた。

「ありがとう、メロリー」

「いえ、よろしくお願いします。ロイド様！」

「ああ。それじゃあ早速、その薬をもらってもいいか？」

「はいっ」

メロリーは手に持っていた小瓶をロイドに手渡す。

ロイドは恍惚とした表情でその薬が入った小瓶を見つめると、はぁ……とどこか蠱惑的《こわくてき》な息を漏らした。

「これが、世界で誰も飲んだことがないメロリーの薬……。私が、初めてなんだな……」

「そ、そうですね？」

いまいちロイドの感情が分からない。

ただ、彼が餌《えさ》を目の前にした犬のように、いち早く薬を飲みたがっていることだけは理解できた。

「メロリー、もう我慢できない。飲んでもいいだろうか？」

「は、はい！　もちろんです！」

「では早速。この役目を私に任せてくれて、本当にありがとう」

涼しげな目を細め、うっとりと笑みを浮かべたロイドは、そう言うや否や薬を飲み干した。

「ん？　何だか、腕に力がみなぎってきたような……」

「ロイド様、う、腕が太くなって！」

瞬く間に太くなるロイドの腕。

ゆとりのあった腕周りの生地がいつの間にかパツパツになっており、薬の効果が腕の筋肉の増強であることが見て取れた。

「ロイド様、腕の他に変化はありませんか？」

「ああ。体に変化はないが、これまで感じたことがないほどに甘いものが食べたくて仕方がない……」

「な、なるほど！」

どうやらハンレラで作った薬の効果は、『異様に甘いものが食べたくなるけれど、腕の筋肉が増強される』というものらしい。

「甘いもの……甘いもの……」と呟くロイドをよそに、メロリーは初めて見る効果と副作用に興奮が隠せなかった。

「ロイド様、腕の変化はどのように感じますか⁉　実際に重たいものを持てるかなど試していただいても⁉　あ〜〜！　念のために後で効果と副作用をメモしておかないと……‼」

ふんふんと鼻息を荒くするメロリーだったが、そっと手を取られたことで意識をロイドに戻した。

まるで飢《う》えた獣のような瞳でこちらを見てくるロイドに、メロリーは目を丸くした。

「ロイド様？」

「メロリーの手は、とても甘そうだ……。やはり君が天使だからか……？」

「はい……⁉」

ロイドはメロリーの手を捕らえ引き寄せると、自身の口元に近付けていく。

「あ、あの……！」

決して痛くはないが、簡単に解けない程度には強く握られてしまっているため、メロリーが手を引いてもあまり意味を成さなかった。

「ひゃっ」

抵抗虚《むな》しく、メロリーの手の甲には柔らかく、そして人肌よりも少し冷たいものが押し当てられる。

その瞬間、ぞくりと背筋が粟立《あわだ》った。

こんな感覚は初めてで、メロリーは恥ずかしさやら驚きやら色んな感情を抱えながら、顔を真っ赤に染めた。

「……うん、やはりメロリーは甘いな。もう少し味わってもいいだろうか」

「〰〰っ!?」

もう、この人は何を言っているんだろう。

頭のほんの片隅でそんなふうに冷静に突っ込む自分と、理由が分からず何の言葉も出てこないくらいに動揺している自分がいる。

メロリーが涙目になりながら首をぶんぶんと横に振れば、次の瞬間、救いの手が現れた。

「え、どういう状況？　もしかして僕とんでもないタイミングで来ちゃった？」

「アクシス様！」

突然のアクシスの登場により、一瞬ロイドの手が緩んだ。

その隙にメロリーはアクシスの背後に回り込む。

頭上に疑問符を浮かべるアクシスを、ロイドは今にも殺しそうな目で睨み付けた。

「アクシス、速やかにメロリーから離れろ。そして今すぐ甘いものを用意してくれ。今の私にはメロリーが天使であり、砂糖にも見えるんだ」

「何を言ってるのか、まっっったく意味が分からないけど、緊急事態なのは何となく分かった」

それから少しして、アクシスの手配によりすぐに甘いものが用意され、ロイドは無事に副作用から解放された。

ロイドに謝られたメロリーはというと、「ハンレラの薬による副作用に人間が砂糖に見えるというのもあるのかな?」と考えていたという。

◇◇◇

今日は少し風が強い。窓を開けている調合室内には、木々の葉がカサカサと揺れる音が響いた。

メロリーが新薬の開発に挑み始めてから、早くも二週間が経つ。

毎日調合室通っていたメロリーだったが、思うような結果が得られない状況に、一人頭を抱えていた。

「どうしよう……。顔の赤みに効果がある薬がなかなかできない……」

ここ二週間、ロイドも仕事の合間を縫っては調合室を訪れ、毒見役を買って出てくれた。

その間、一番印象に残っているのは、新薬の開発を始めて三日目のこと。

ロイドが飲んだ新薬の効果が『一時的に思考が幼児になるけれど、目が大きくなる』だった時だ。

いつものロイドの切れ長の目が大きくくりっとなっているのはとても可愛らしかった。

更に、思考がおよそ三歳くらいになっているのか、メロリーを見るや否や『くすりいっぱいちゅくれて、しゅごい！』『めろりー、かわいー！』『すきー！』とたどたどしい口調で話し始めた。その様といったらつい抱き締めたくなるほどの愛らしさだった。

（まさか、幼いのに可愛いとか好きなんて社交辞令が言えるなんて、さすがロイド様……！）

……そんなわけで、ロイドのおかげで新しく採取した薬草の効果をいち早く把握することができ、それらと他の様々な薬草とを組み合わせて新たな薬を作ることもできた。

メロリーの身体は薬に慣れているせいで効果が出るのが遅いこともあったが、ロイドはそうではなかったため、薬の試飲後は比較的すぐに効果が出たのだ。

そのおかげで、開発できた新薬の数は軽く五十を超える。

メロリーはこれまで試した薬草の効果は全て把握しているため、どんな薬草を組み合わせれば、どのような系統の効果が出るのかは大方推測できた。もちろん、予想と全く違う薬ができることもあるが、それは一部だけだ。

だから、肌の悩みを改善、もしくは緩和すると予想される薬を多く開発したのだが、どれも顔の赤みに効果的な薬にはなり得なかった。

「うーん、どうしよう……。顔の血色を良くする薬ならできたんだけどなぁ」

寝不足、体調不良、二日酔いなどで顔が青ざめている人には重宝される薬だろうが、顔の赤みに悩むトーマスにはむしろ逆効果だ。

（……ハァ。ちょっとだけ休憩しよう）

期限まであと一週間。

手詰まりの状況にメロリーはため息を漏らしてから、息抜きでもしようと調合室を出た。


「わあ、綺麗……！」

庭園に出ると、季節の花々に出迎えられて顔が綻ぶ。

一部の花は調合にも使用できるため、メロリーは花にも詳しかった。

目の前にある花々を調合した際の効果や副作用を思い出しつつ、しゃがみ込んで花壇《かだん》の花にそっと手を伸ばす。

「メロリー？」

花弁に手が触れようという時、聞き慣れた低い声に名前を呼ばれたメロリーは立ち上がり、声の主の方へ振り向いた。

「ロイド様！」

そのままロイドに駆け寄れば、彼はみるみるうちに顔を綻ばせた。

「メロリーのことはこれまで天使だと思っていたんだが、花に囲まれた君を見ると花の妖精でもあったんだなと思い知らされたよ」

「魔女ですが……？」

いつものように独特な表現で話すロイドに、メロリーはふふと口元を緩ませた。

「それで、メロリーはどうしてここに？　休憩か？」

「はい、そんなところです。期限まで一週間くらいしかないのに、未だにトーマス様に効果がありそうな薬ができなくて……焦っても良いことはないので、少し気分転換をしようかな、と」

毒見役として協力してくれている上、ビクトリアの身内でもあるロイドには新薬開発の状況を逐一報告しているが、焦っていると伝えたことはなかった。

そんなことを言っても、困らせてしまうだけだと分かっていたからだ。

「あっ、今のは、その……！」

つい弱音が零れてしまったことに気付いたメロリーは、ハッとして自分の口元を両手で押さえる。

対してロイドは優しく微笑み、「そうか」とだけ言うと、風によって乱れたメロリーの髪の毛をサッと手ぐしで直した。

「メロリー、叔母上たちのために頑張ってくれて本当にありがとう。私は試飲以外に大した手伝いはできないが、メロリーの話を聞いたり相談に乗ることくらいはできる。焦っている以外にも、もし困っていること、苦しいことがあったら必ず教えてほしい」

「い、いえ！　本当に少し焦っているだけで、困っていることも苦しいこともありません……！」

メロリーは胸の前でぶんぶんと両手を振り、「それどころか」と言葉を続けた。

「私がここに来るまで、誰かに薬を作ってほしいと望んでもらえることはありませんでした。もちろん新薬作りは大変ですし、ちゃんと作れるのかなって焦ったりもしますが、それ以上に……自分の薬でビクトリア様たちを笑顔にできるかもしれないんだって考えたら、毎日が幸せなんです」

「メロリー……」

「私、皆さんのお役に立てるようにもっともっと頑張ります！」

ぐっと拳を作り、白い歯を見せて笑うメロリーに、ロイドは一瞬息を呑んだ。

それから眉尻を下げつつやんわりと口角を上げ、少し困ったような笑みを浮かべた。

「……昔から、君は何にも変わらないな」

「え？」

またもや風が吹く。意識を風に囚われたせいで、ロイドの言葉を聞き逃したメロリーは、「今何て……？」と問いかけた。

「いや、大したことじゃない。それはそうと、休憩のためにこの場に来たということは、メロリーは花が好きなのか？」

「そうですね……。花は調合に使えるものがそれほど多くないので、草の方が好きでしょうか？」

「そういう調合に一途なところも素敵だ」

「ありがとうございます？」

ロイドは本当に褒め上手だなぁ、とメロリーは思う。

「そういえば、ロイド様は何故こちらに？」

「私もメロリーと同じようなものだ。少し休憩をしたくてな。本当は休憩という名目でメロリーに会いに調合室へ行こうかと思ったんだが、調合室に行ったらなかなか帰ってこないからダメだとアクシスを含む部下たちに泣きつかれてしまってな」

「皆さん、ロイド様を頼りにしているんですね」

「どうだか。……だが、ここで会えたから、あいつらの言う通りにして正解だった」

ロイドはそう言うと、花壇に咲いている赤色のマリーゴールドを一本手折《たお》った。

そして、それをメロリーの耳の上あたりにそっと近付けると、蕩けるような笑みを浮かべた。

「メロリーの瞳の色とよく似ている。……綺麗だ」

色とりどりの花が溢れる庭園で、二人きり。

婚約者にこんな甘い言葉を言われたら、普通なら誰だって胸がときめくだろう。

しかし、ロイドが自分の作る薬にのみ惹かれていると思っているメロリーは、ときめきよりも調合にも度々使うマリーゴールドに夢中になった。

「マリーゴールドって綺麗ですよね！　単体で調合に使うと、この美しさが効果に反映されるのか、なんと髪の毛をツヤツヤにする効果があるんです！」

鼻息を荒くしながら興奮気味に語るメロリーにロイドは一瞬瞠目《どうもく》したものの、すぐさま「ははっ」と目尻に皺を寄せた。

「それは凄いな」

「そうなんです！　副作用で威圧感が増してしまうのが難点なのですが……」

「……いや、そうでもない」

ロイドは顎に手を運び、考える素振りを見せる。

「戦場ではどれだけ早く相手の戦意を奪うかが重要になるからな。その副作用はむしろ好ましい」

「な、なるほど……！　では、必要になったらいつでもお作りしますから、教えてくださいね！」

それにしても、副作用も場合によっては役に立つことがあるなんて、初めてのはっけ――」

ん、と言うつもりだったのに、メロリーはハッとして口を閉ざした。

「メロリー？　どうした？」

口をぽかんと開いたまま固まるメロリーに、ロイドが声をかける。

それから、部屋まで送るか⁉　医者を呼ぶか⁉　と焦り出した彼の手を、メロリーはギュッと握り締めた。

「ロイド様！　ありがとうございます！　もしかしたら、目的の薬が作れるかもしれません……！」

「ど、どういうことだ……？」

今度はロイドが、口をぽかんと開いたのだった。

第七章

メッシブル公爵夫妻の結婚式当日。

挙式は、王都で最も歴史の古い大聖堂で執り行われる。

多くの列席者が集う教会内は、どこか緊張感が漂っていた。

不仲だと噂されている公爵夫妻の挙式であること、そして冷酷と噂されるロイドと、悪評高き魔女のメロリーがこの場にいるからだった。

（予想はしていたけれど、まさかここまでだとは……）

今日の結婚式には多くの貴族たちが集まることは分かっていたが、主役がまだ入場していない今、皆の視線はメロリーとロイドに注がれている。

ロイドには恐怖、メロリーには嫌悪や嘲笑《ちょうしょう》のそれだ。

二人は隣同士に座っているので、会場の視線を一身に集めていると言ってもいい。

ロイドの隣に座るアクシスは不愉快なのか、僅かながら眉間に皺を寄せている。

ロイドが今日のために用意してくれた青色のドレスに身を包んだメロリーは、自身のドレスとよく似た瞳の色の婚約者に声をかけた。

「お二人の入場はそろそろでしょうか？」

「おそらくな。……すまない、メロリー。私のせいで周りからの視線が痛いだろう？」

そういう意味で聞いたつもりはなかったのだが、どうやら誤解させてしまったらしい。メロリーは間髪いれずに返した。

「そんな！　むしろ私のせいです！　申し訳ありません、ロイド様……」

「そんなことはない。私が――」

この突き刺さるような視線は自分のせいだと互いに譲らないメロリーとロイドに、アクシスはため息をついた。

「どっちでもいいですけど、あんまり大きな声で喋《しゃべ》ると余計に注目を浴びますよ」

確かに、と納得したメロリーはきゅっと口を噤《つぐ》んだ。

そんなメロリーの耳元に顔を寄せたロイドは、かすかに笑いながら「ではお互い様ということにしようか」と小さな声で囁いた。

「じゃあ、そういうことにしましょう」

メロリーもつられるように囁き声で答えれば、ロイドは彼女の耳元に口を近付けたまま会話を続けた。

「叔母上からは夫婦一緒に入場すると聞いている。その分、公爵の不安も和らぐはずだが、大丈夫だろうか」

「一ヶ月前にお会いした際は、人前に出るのにまだかなり不安が大きいようでしたからね……。その後のビクトリア様からのお手紙では、かなり落ち着いてきていると書かれていましたが、挙式本番でどうかは……」

ここで不安になったところで何もできないことは分かっているけれど、メロリーは心のざわつきを抑えることができなかった。全身が氷のように冷たくなるのを感じる。

「メロリー、君はやれることをやってくれた」

ロイドは顔を遠ざける代わりに、壊れ物を扱うような手つきでメロリーの手に触れた。

……本当に、不思議なものだ。

ロイドの木漏れ日のように優しい声色を聞き、彼の体温に触れると、自然と大丈夫なように思えてくる。

隣にいる彼を見上げれば、本来なら冷たく映ってもおかしくない青色の目が、愛おしいものを見つめるかのように細められていた。

「ロイド様……」

「あとは信じよう。叔母上たちなら、きっと大丈夫だ」

キュッと手に力を込められたメロリーは、ふにゃりと微笑んだ。

「はい……！」

「……ああ、なんて可憐な笑顔なんだ。メロリー、こんなに人が多いところで君のその笑顔は時に凶器になる。私の前だけで見せてくれ」

「ほんとロイドは何言ってるの？　周りに大勢の人がいるの知ってる？　途中から丸聞こえなんだ

けど……」

「あ……」

アクシスの言う通り、ロイドの体温を感じたあたりから、彼はいつも通りの声量で喋っていた。

そのせいで先程までとは違う、困惑、気まずさのような視線を周りから向けられている。

ついでに「カインバーク辺境伯ってあんな感じの人なの？」「冷酷どころか、むしろ正反対のように見えるな……」なんて声が聞こえてくる始末だ。

さすがに羞恥《しゅうち》が限界突破したメロリーは、バッと顔を俯かせた。

「メロリーの尊い笑顔が見られなくなってしまったことは悲しいが、他の人間に見られずに済んだことは喜ばしい。アクシス、一応感謝しておく」

「しなくていいからとりあえず黙りなよ……」

ハァ……とアクシスがため息をついて天を仰《あお》げば、新郎新婦入場のアナウンスがなされた。

（あっ、始まる……！）

メロリーは司祭がいる祭壇とは反対側にある大きな扉に視線をやる。

ギギ……と開いた扉からは、正装に身を包んだトーマスと純白のウエディングドレスを纏ったビクトリアが腕を組んで入場してきた。

細やかなレースがふんだんにあしらわれたドレスはもちろん、うっすらと透けたベールから覗くビクトリアの顔《かんばせ》は本当に美しい。

「ビクトリア様、本当にお美しいです」

「ああ、そうだな」

「それに——」

メロリーたちと同様に、多くの者たちは一瞬ビクトリアに見惚れた後、その隣を歩く、社交場に全く顔を出さないトーマスに注目した。

むらのない、ほんのりとだけ色づいた血色のいい肌の色。ビクトリアの隣を歩いても引けを取らないような美しさを兼ね備えた容貌《ようぼう》。自信に満ち溢れた表情に、ぴしりと伸びた姿勢。

そんなトーマスが、隣を歩くビクトリアに愛おしそうに微笑みかける。

ビクトリアもまた、幸せそうに微笑み返す。

その姿を見た者たちは、まことしやかに囁かれていた公爵夫妻の不仲説が偽りだったことを痛感し、更に感動の声を漏らした。

「メロリー、君のおかげだ」

皆が拍手する中、ロイドは視線を主役たちに向けたまま、安堵が滲んだ笑みを浮かべる。

メロリーも彼と同じように幸せそうな二人を見つめながら、小さく首を横に振った。

「そんなことはありません。私だけでは、決してこんな幸せそうなお二人を見ることは叶いませんでした」

振り返ること、二ヶ月と少し前。

メロリーはロイドの『副作用によっては好ましいものもある』という発言から着想を得て、とあ

る薬を開発した。

それが、『一時的に顔色は悪くなるけれど、姿勢が良くなる薬』だった。

試行錯誤を重ね、ロイドが毒見役を担ってくれたおかげで、期限に間に合わせることができたのだ。

普通の人がこの薬を服用すると、生気がなくなったかのように顔が青ざめてしまう。

しかし、実際トーマスに飲んでもらうと、顔を赤みが落ち着くという良い結果が現れた。

真っ赤と表現していいほどに顔を赤くしてしまうことが多いトーマスにとっては、この薬の副作用は顔の赤みを打ち消せる効果的な薬となったのだ。

しかし、たとえ副作用の効果で一時的に顔の赤みが収まったとしても、またすぐに赤くなるかもしれない、誰かに笑われるかもしれないという不安はすぐには拭えない。

挙式の間だけ顔の赤みが出ずに済んでも、精神的に不安を抱えたままでは、トーマスは心から結婚式を楽しめないだろう。

ビクトリアもそれを望んでいないのは明らかだ。

そのため、メロリーは同じ薬を大量に作り、一日一本は服用してほしいとトーマスに提案した。

そして、副作用の効果があるうちに、徐々にでも屋敷の人たちに顔を見せてはどうかと進言したのだ。

顔の赤みがない状態で使用人の前に姿を見せることで、過去のトラウマが少しでも軽減されればとの考えだった。

そしてトーマスがその提案を快諾し、実行に移した結果、今日を迎えることができた。

顔の赤みが消えていること自体はメロリーが作った薬によるところが大きいが、トーマスが今この場で笑みを浮かべていられるのは、彼の頑張りと、ビクトリアの献身的な支えが大きい。

ビクトリアは、部屋の外に出て人に会おうとするトーマスに何度も優しく声をかけ、励まし、常に寄り添った。

互いへの愛情がなければ、こんなに幸せそうな二人を見ることはできなかっただろう。

「ロイド様、たくさん手伝っていただき、ありがとうございます。あんなに幸せそうなビクトリア様たちを目にすることができて、私、今とっても幸せです」

そう言って、メロリーは幸福に包まれたように目尻を下げる。

「……ああ、そうだな。私も幸せだ。……メロリーが幸せそうなら、尚更」

相変わらずビクトリアたちを見つめ続けるメロリーを横目に、ロイドは頬を緩めてそう囁いた。

メロリーは割れんばかりの拍手のせいで言葉の後半を聞き取ることができなかったけれど、幸せで胸がいっぱいになっていたこともあって、聞き返すことはなかった。


夫婦仲は大変良好であり、これまで姿を見せなかった公爵が大変な美男であることまで知らしめたメッシブル公爵夫妻の結婚式。

永遠の愛の誓いを終え、大聖堂から出てくる二人を列席者はフラワーシャワーで祝福した。

事前に手渡されていた色とりどりの花びらが舞う様子は大変美しい。

その真ん中を歩くビクトリアとトーマスは、列席者たちからかけられる祝いの言葉に感謝の言葉を伝えている。

「お二人とも、素敵な結婚式でした。心からお祝い申し上げます」

「本当に、おめでとうございます！」

ビクトリアたちが正面に来たタイミングで、祝福の言葉をかけるロイドにメロリーも続く。

ビクトリアとトーマスはメロリーたちを目にすると、一瞬足を止め、これまで以上に輝かしい笑みを浮かべた。

「メロリー嬢、本当にありがとう。また後日、感謝を伝えさせておくれ」

「い、いえ、そんな感謝だなんて……！」

自分だけの力ではないし、幸せそうな二人を見られればそれで十分なのだ。

謙遜《けんそん》するメロリーに対し、ビクトリアは彼女の唇に人差し指を近付け、パチンッと片目を瞑《つむ》った。

「メロリーちゃん、私も主人も、貴女には本当に感謝しているの。今度きっちり、お礼を受け取って？　ね？」

「ひえっ、は、はい」

どうもビクトリアのウインクには不思議な力が宿っているのか、頷いてしまった。

隣のロイドの表情を窺えば、メロリーが感謝されるのは当然だと言わんばかりの顔をしていたので、結局逃げ道はなかったのかもしれないが……。

「……ところで、メロリーはどういったものが好みだろうか？」

ビクトリアたちが前を通り過ぎたあと、問いかけてきたロイドの頬はほんのりと赤くなっていた。

（……？　好み？　何がだろう？）

ロイドの質問の意図がいまいち分からず、メロリーはきょとんと目を丸くした。

「えっと……何の好みですか？」

「ああ、すまない。言葉が足りなかったな」

ロイドは横に並ぶメロリーの左手に手を伸ばし、彼女の薬指をそっと握りしめた。

「私たちの結婚式だよ」

「え？」

「挙げたい場所とか、こんなドレスを着たいとか、こういう演出をしたいとか、何でもいいんだ。もしあるなら、メロリーの考えを教えてくれないか？」

「！」

そう聞かれても、メロリーはすぐに答えることはできなかった。

そもそも、メロリーは結婚式にあこがれを持つような人生を送ってきていない。

ロイドの婚約者になり、こうして大切にしてもらっていることさえ、未だに夢のようだと思っているくらいなのだ。

「いえ、特にはありません。そういうものに疎くて」

「そうか。ならこれから一緒に考えていこう。一生に一度の結婚式だから、メロリーが喜んでくれるものにしたいんだ」

穏やかに笑い、薬指にきゅっと力を込めるロイドに、メロリーはたまらず胸がジーンと温かくなった。

「ロイド様……私のために……」

ただ薬に惹かれて申し込まれた縁談だというのに、ここまで大事にしてもらってもいいのだろうか。

メロリーは身体ごとロイドの方に向けて、一度深く頭を下げた。

「そのような気遣いまでしてくださるなんて、本当にありがとうございます……！」

「待て、気遣いというよりは――」

「けれど、それは無用です！　結婚式についてはロイド様のお好きなようにしていただいて構いませんし、私は全て従いますので！」

「メロリー、だから――」

「もちろん、調合についてはこれまで通り……いいえ、これまで以上にロイド様のお役に立てるように頑張らせていただきますから！」

キラキラとした目で宣言するメロリーに、ロイドは「可愛い……可愛いんだが……」と言いながら、困ったような顔して空いている方の手を額に伸ばした。

「いや、だから……」

「ぷぷっ、前途多難だね」

「おい、アクシス。お前笑ったな？　今笑ったよな？」

苛立ちとは裏腹に、メロリーの前だからと浮かべられたロイドの笑みに、アクシスの喉《のど》はひゅっと鳴ったのだった。


「さて、メロリー、そろそろ帰ろうか。ついでにアクシスも」

「はい！」

「はいはい、ついでで結構ですよ」

新郎新婦が大聖堂を後にしたことで、結婚式がお開きになると、貴族たちは続々と帰路に就き始めた。

メロリーもロイドとアクシスとともに大聖堂の外に待機している馬車へと向かおうとした。

「あの、カインバーク卿《きょう》、少々お時間よろしいでしょうか？」

「ああ、貴殿か」

しかし、初老の男性貴族にロイドが声をかけられて立ち止まったので、メロリーとアクシスも足を止めた。

敬語を使っているということは相手の方が爵位が低いのだろう。とはいえロイドに対し気負う様子がないことから、二人はそれなりに親交があるのかもしれない。

「メロリー様、あの方はケイレム伯爵家のご当主です。ロイドのご両親の代からの付き合いのようで、確か、ご令嬢が一人いたような……」

「あっ、ありがとうございます、アクシス様」

耳打ちで相手の情報を教えてくれたアクシスに礼を伝えると、ロイドがアクシスをキッと睨み付ける。それからメロリーの髪を優しく撫でた。

「すまない、メロリー。少し仕事の話をしてくるから、先に馬車で待っていてもらっていいか？」

「はい、もちろんです」

「ありがとう」

ロイドは笑顔のまま、アクシスに向かってぴしりと指を差した。

「もしも、何かあったらアクシスを盾に使うといい」

「人として扱ってくれる？　まあいいや。盾としてメロリー様にかすり傷一つ負わせないようにするから、さっさと話しておいでよ」

「お仕事、頑張ってくださいね、ロイド様……！」

「そんなに可愛い笑顔で見送られたら離れがたい……が、行ってくる。アクシス、後は頼んだ」

ロイドとケイレム伯爵が話しながら人気《ひとけ》のないところへ向かっていくのを見送ったメロリーとアクシスは、顔を見合わせると同時に馬車に向かって歩き始める。

馬車までは、およそ徒歩で五分の距離だ。

少し時間をロスしたメロリーたちとは違い、多くの貴族たちは既に馬車に乗り込んでいるようで、周囲に人は多くない。

馬車に乗るまでの間、アクシスは気さくに話しかけてくれていた。

だがメロリーが、ケイレム伯爵がロイドに臆《おく》せず話しかけたことに触れると、アクシスの表情は急に真剣味を帯びた。

「まあ、メロリー様はもちろん、ケイレム伯爵のようにロイドと普通に話せる人間の方が少数派ですからね。ロイドは冷酷……それと、最近では変態だなんて噂までありますから」

変態と呼ばれるようになった所以については、辺境伯邸に来た日にロイド本人から説明を受けている。

しかし改めて考えると、冷酷だと言われる理由はまだ知らなかった。

何故だろう、そんなことはないのに……。そんなふうには思っても、いまだに理由を聞く機会が見つからなかったのだ。

（今が、理由を聞くチャンスかもしれない）

ロイドが自ら説明してくる素振りがなかったことには何か理由があるのかもしれないが、アクシスなら教えてくれるかもしれない。

今以上の機会は訪れないだろうと、メロリーは意を決して口を開いた。

「あの、もし良ければ、ロイド様が何故冷酷だと言われているか、聞いても構いませんか……？」

「……ああ、やっぱりロイドは言ってなかったんですね」

アクシスは苦笑いを零す。それからすぐに、冷酷と呼ばれ始めたきっかけについて、話し始めた。

「あれは、数年前の戦争の時です」

辺境伯領が接する隣国とは、昔から小競り合いが続いていた。

数年前の戦争もその一つだ。

既に辺境伯の爵位を継いでいたロイドは、その圧倒的な強さを国王に認められたこともあって、二十歳未満という若さで軍全体の指揮を任されていた。

「ロイドは冷たそうな顔はしているけど仲間思いの良い奴です。だから、あいつなりに一番こちらの被害が出ないような作戦を考えて、それを部下たちに指示したんですけど……一部の部隊がそれに反対しまして」

「！　どうしてですか？」

「……まあ、これは僕の予想でしかありませんが、自分よりもかなり若いロイドの指示に従うのが嫌だったんじゃないかと。当時は、今ほどロイドの実力は知れ渡っていませんでしたから」

「………………」

メロリーは戦いに身を置いたことはないけれど、誰もが極限状態にいることくらい分かる。油断したり、作戦が失敗したりすれば死が待っているのだから当然だ。

だから、指揮官が若いからという理由で自身の命を預けることを不安に思う感情自体は、理解できなくもなかった。

「ロイドは反対してくる部隊に、作戦の重要性を何度も説明しました。しかし、ロイドの言葉は届かず……その部隊は戦いの最中に、独断行動に打って出たんです」

「えっ」

「結果、部隊は大勢の敵に囲まれ、捕虜《ほりょ》にされてしまいました」

「……っ」

メロリーが息を呑むと、アクシスは少し間をおいてから続きを話し始める。

「ロイドにもその情報は入っていましたが、彼は指揮官で、多くの者の命を握っている。命令違反した捕虜の奪還よりも先に、自らについてきてくれた部下たちと作戦を続行することを選びました。そして、その戦争で大きな戦果を挙げたんです」

「……それがどうして、ロイド様が冷酷だと言われることになったんですか？」

「戦争が終わった後、捕虜になった部隊が命令違反をしていたと知らなかった一部の部下が、噂し始めたんです。……ロイドは、仲間の奪還よりも武功を立てることを優先するような冷酷な人間だって」

「そんな……！　だって、ロイド様は何も悪くないのに……！」

確かに、ロイドが作戦の継続を選んだのは事実だ。

しかし、指揮官であるロイドにとって、それは被害を少なくするための苦渋の決断だったはず……。

「そうです。この件は命令に背いた部隊が完全に悪い。……けれど、戦の後は皆気が高ぶっていたり、その反対に落ち込みやすくなっていたりなど、精神が不安定になる者は多い。僕を含めて、何人かがロイドは武功のために仲間を見捨てるような冷酷な人間ではないと伝えましたが、彼らの耳には届きませんでした」

アクシスはロイドにも噂を否定するよう進言したらしいが、彼は首を横に振ったそうだ。

捕虜の奪還よりも作戦を優先したのは事実であることと、そもそも自分の力が足りないせいで部下たちを不安にさせてしまったことが此度《こたび》の件の原因だからと、悪評を受け入れているようだった。

(ロイド様は責任感が強く、そして優しすぎます……)

メロリーは自身の手を胸の前でギュッと握り締める。

そして、やんわり伏せていた瞼を上げ、アクシスを見つめ返した。

「今も誤解されたままなことは悲しいですが、ロイド様が冷酷と言われている理由が聞けて、良かったです。何か事情はあるんだと思っていましたが、やっぱりロイド様は私が知っている優しいロイド様のままでした」

「メロリー様……」

「アクシス様、教えてくださってありがとうございます」

メロリーが頭を下げると、アクシスは首を横に振った。

「お礼を伝えるのは僕の方です」

「え?」

「ロイドは冷酷だと言われても致し方ないと考えていましたが、僕もメロリー様と同じで彼が誤解されたままなのは嫌だった。けれど、ロイドはメロリー様の側にいると、優しくなる。そんなあいつの姿を……本当は冷酷なんかじゃないロイドの姿を、今日周りに知ってもらえたことが嬉しいんです」

『カインバーク辺境伯ってあんな感じの人なの?』

『冷酷どころか、むしろ正反対のように見えるな……』

結婚式の際のやりとりを見た周りの貴族たちが、そんな言葉を口にしていたことを思い出した。

あの時はただ恥ずかしかったけれど、アクシスの言う通り、少しでもロイドが優しいということを周りが知ってくれたのなら、それはメロリーにとっても嬉しいことだ。

たとえ、自身の作る薬にロイドが惹かれたから、特別に優しくしてくれているのだとしても……。

「お役に立てたなら、嬉しいです」

何故だろう。少しだけ、ほんの少しだけ、胸がチクリと痛んだ。

◇　◇　◇

メッシブル公爵夫妻の結婚式から二週間後。

王都で開かれた夜会に参加するため馬車に揺られていた、メロリーを除いたシュテルダム伯爵家一行は、目的地に到着したため馬車を降りた。

ラリアは両親とともに会場の前に着くと、ふと思い出したように話題を切り出した。

「そういえば、メロリーお姉様は今頃どんな目に遭っているのかしら？　相手は『変態辺境伯』様だものね。心配だわ……。ふふっ」

言葉とは裏腹に、ラリアは厭《いや》らしく口角を上げる。

両親もつられるようにほくそ笑むと、父である伯爵はラリアの肩にぽんと手を置いた。

「お前は本当に優しい子だね、ラリア。……だが、もうあんな魔女のことは忘れなさい。今日は辺境伯から受け取った支度金で買った新しいドレスを初めて披露する日だろう？　楽しみなさい」

「そうよ。あんな魔女がどんな目に遭おうと、私たちには関係ないもの。今日を楽しみましょう」

「お父様、お母様……。そうよね、ありがとう！」

薄ピンクの軽やかな生地に、白いレース。金色の細やかな刺繍《ししゅう》があしらわれた、清楚《せいそ》で可愛らしいドレス。

首元には控えめだけれど、分かる人には分かる、一級品のダイヤモンドがちりばめられたネックレス。

（ふふ、今日は一体何人の男が私に夢中になるのかしら）

メロリーがいなくなってから初めて迎える夜会。ラリアはメロリーの不幸によって得られたドレスを身に包むことで、いつも以上に高揚していた……はずだったのに。

「何よ、あれ……」

目の前の光景に、ラリアと両親ははたと足を止めた。

これまではラリアが会場に現れると、多くの令息たちが駆け寄ってきた。

ある者はラリアの美しさを近くで見るため、ある者はその鈴を転がすような声を楽しむため、またある者はダンスに誘うため。そして、多くの者たちは彼女を口説くために。

それはまるで、甘い蜜《みつ》を携えた花に虫が群がってくるような、そんな光景だったというのに……。

「ケイレム伯爵令嬢がこんなにも美しい方だったなんて……！」

「ご令嬢に出会えた今日という日に、心から感謝を」

会場の少し奥。きらびやかなシャンデリアの下、令息たちの中心には、これまで社交界で見たことがない令嬢の姿があった。

艶やかで美しい金髪を靡かせる、絶世の美女だ。

(誰よ……。あの女……！)

ラリアと同様に、両親は焦りを露わにする。

ラリアは昔から自身の見た目に絶対的な自信を持っていた。しかし、美貌だけでは目ぼしい令息全員を釘付《くぎづ》けにすることはできなかった。

だから、引き立て役としてメロリーを側に置くという両親の提案に頷いたのだ。

人々に恐れられた魔女の先祖返りで出来損ない。家にとって害にしかならない姉――メロリー。

まるで老婆のような白い髪と血のような瞳を持つ彼女に地味で流行遅れのドレスを着せ、ラリアの隣に立たせて黙らせておく。それだけで、美しい姿に可憐なドレスを纏うラリアはより目立つようになった。

更にラリアはメロリーに対して、人目があるところでは優しく接した。友人たちにメロリーを紹介し、自慢の姉だなんて言ってみせた。

結果、ラリアの評判は鰻登《うなぎのぼ》り。

見た目が美しいだけでなく、心まで美しい『麗しの天使』――そんな異名が付くほどに。

(それなのに……っ、何であの男たちは私じゃなくて、あんな女に群がってるわけ⁉)

ラリアはフーフーと鼻息を荒くし、悔しげに拳を力強く握り締める。

「確か、ケイレム伯爵家の一人娘はこれまでこういう場には出てこなかったはずよね？」

「そのはずだ。人伝てに聞いた話では、確か髪の毛に悩みがあって、あまり人前には出たがらなかったはずだが……」

大勢の令息たちに囲まれているケイレム伯爵令嬢を見ながら、両親が訝《いぶか》しげに話す。

（は？　あれのどこに悩みがあるっていうの？）

毛先まで潤い、艶やかな金色の髪は、正直ラリアでも見惚れてしまうほどだ。あの髪の毛で悩みだなんて、考えづらい。

もしや髪の色が不貞の子である証にでもなってしまうのかとも思ったが、ケイレム伯爵令嬢の近くで彼女を見守る両親らしき二人は、どちらとも金髪だ。家の醜聞を隠すために、娘を表に出さなかったわけではないのだろう。

――いつもなら、あの場所にいるのは自分だったはずなのに。

珍しいとばかりに群がる男性たちと、その中心にいるケイレム伯爵令嬢に、ラリアは苛立《いらだ》ちが募る。

「クソッ、ムカつくわ……。あの女、ちょっと男に囲まれたくらいで調子に乗って……！　それに、あいつらもあいつらよ！　あんな女に鼻の下伸ばしちゃって！」

あまりの屈辱に、ラリアは眉を吊り上げ、口元を歪《ゆが》め、鋭い目つきでその光景を睨んだ上、暴言まで吐いてしまった。

「まあ、怖い」

「あっ……」

近くにいた一人の令嬢が、口元を扇で隠してぽつりと呟く。

貴族同士の交流、とは表向き。社交界の裏の顔は、足の引っ張り合いだ。

ラリアのその言動は、これまで彼女の人気ぶりに不満を抱いていた令嬢たちに、これ以上ないほどのネタを与えてしまった。

「い、今のはちがっ」

早く訂正しなければ、自分の評価が落ちてしまう。

それを感じ取ったラリアは言い訳をしようとしたのだが、失言を聞いていたのはその令嬢だけではなかった。

「さっきの発言聞きまして？　『麗しの天使』だなんて呼ばれている方のお言葉とは思えませんわ」

「ええ、ええ。あのような汚いお言葉、到底真似できませんわね」

「それにさっきのお顔の恐ろしいこと……。ケイレム伯爵家のご令嬢の美貌が疎ましくてしょうがないのかしら？　……まあ、引き立て役がいなければ大したことはないと自覚できる良い機会ではなくて？」

クスクス、クスクス。

人気者の凋落《ちょうらく》は、家のためにといつも我慢を強いられ、品ある言動を求められる令嬢たちの大好物だ。

「ちがっ、今のは……違くて……っ」

男にチヤホヤされることばかり考えてきたラリアとは違い、令嬢たちの人脈は広い。

令嬢たちは会場内に散らばると、ラリアの方に視線をやりながら楽しげに会話を繰り広げる。

声は聞こえない。

だが、確実に自分の話をされているということくらい、ラリアにも、両親にも理解できた。

「ラ、ラリア、今日はもう帰ろう」

「ええ、そうよ。こういうことは時間が経てば収まるわ。ね？」

「……っ」

望んでいたのとは違う意味で注目を浴びてしまったラリアは、コクリと頷くと両親とともに会場の外に出た。

「……ほんっと、ムカつく!!　あいつら全員地獄に落ちればいいのに!!」

こんな屈辱を、これまでの人生で味わったことはない。

会場の外に自分たち以外の者が見えないのをいいことに、ラリアは足を止めると一際大きな声で暴言を放った。

それからオロオロしている両親をキッと睨み付ける。

「お父様とお母様は悔しくないの!?　私があんなふうに言われて！」

「そ、そりゃあ悔しいさ。なあ？」

「え、ええ。もちろんよ。あんな魔女なんていなくても、ラリアが一番可愛いわ？　私たちの娘だもの」

両親は焦りながらもそう話す。

ラリアは怒号から一転、甘えた声色を出した。

「だったら、私がまた女たちに羨望《せんぼう》の目を向けられるように、男たちを釘付けにできるように、協力してくれる？　もっと周りの目を引く綺麗なドレスとか、価値の高い宝石のついたアクセサリーとか、髪飾りとか、たくさん用意して！　メロリーお姉様がいなくても、もっと着飾れば私が一番可愛いんだから」

「あ、ああ！　そうだな、そうしよう！」

「そうね、明日早速、宝石商やデザイナーを家に呼びましょうか！」

一人目の子が望まぬ魔女だったこともあって、両親は昔からラリアに甘かった。

再び自分が脚光を浴びる未来を想像したラリアは、にんまりと口角を上げる。

すると夜会会場の外にある噴水付近から、二人の男性が話している声が聞こえてきた。

「なあ、そういえば聞いたか？」

「ああ、あのことか？」

距離からして、おそらく先程のラリアの怒声には気付いていないはず。

それなら、わざわざこの場に留まる理由はない。

ラリアは待機させている馬車に向かおうと再び足を動かしたのだが、聞こえてきた名前にはたと足を止めた。

「ケイレム伯爵令嬢が社交界に参加できるようになったのは、あの魔女のおかげなんだろう？」

「確か、メロリー・シュテルダムだっけか？　カインバーク辺境伯の婚約者の」

（どういうこと？　メロリーお姉様のおかげって……）

ラリアは両親と目を合わせると、その男性たちの会話に耳を傾けた。

第八章

ラリアが夜会で屈辱を味わってから一週間後。

メロリーは目覚めると、天蓋の隙間から僅かに漏れる日差しに目を細めた。

「ん……。お腹、空いた……」

いつもなら、起床後すぐに空腹を感じることなどないのに。

もしかしたら寝すぎたのかもしれないと急いで体を起こし、天蓋の布を端に寄せてベッドの縁によいしょ、と腰掛けた。

ルルーシュを呼ぶために金色のベルを鳴らすと、随分と低い声が聞こえた。

「起きたかい？」

「え⁉」

声は、ベッドに背を向けているソファからだ。

背もたれから見える髪色は夜空のような黒色。その人物は本をパタンと閉じてローテーブルに置くと、ゆっくり立ち上がって振り返る。

そして、メロリーの目の前までやってくると、床に片膝をついた。

「おはよう、メロリー。寝起きの姿も最高に可愛いな。まさに天使だ」

「なっ、何でこの部屋にロイド様が……!?」

いつもメロリーは、朝起きるとベッドサイドに置いてあるベルを鳴らす。使用人――主にルルーシュを呼ぶためだ。

これまで自分のことは自分でしてきたので一人で身支度を済ませることもできたのだが、ルルーシュに私の仕事ですからやらせてくださいね！　と必ず呼びつけるよう頼まれていたのだ。

もちろん、ルルーシュ以外の使用人が来ることもあったが、こんなふうにロイドが現れたことなんてこれまでなかった。

（というか、ロイド様はベルを鳴らす前から部屋にいたんじゃ!?）

ルルーシュから、たまに寝言を言っていると報告を受けていたメロリーは、ロイドに聞かれてしまったかもと、羞恥心で頭が真っ白になった。

両手で隠すように顔を覆えば、ロイドが立ち上がった気配だけが感じ取れた。

「驚かせてすまない。隣に座ってもいいか？」

「ひゃい……」

寝起きと動揺が相まって、もはや「はい」とさえ言えない。

ベッドが沈む感覚と、人の気配。ふ、と優しく笑うロイドの声に、メロリーは彼が隣に腰を下ろしたことを察し、このままでは失礼かと顔を隠していた手を退けた。

「メロリー、水を」

「あ、ありがとうございます」

ベッドサイドに置いてあった水差しからコップに水を注いだロイドは、それをメロリーに手渡す。

喉がカラカラだったメロリーはありがたくそれを両手で受け取ると、コクコクと喉を鳴らした。

「……ぷはぁ、美味しいです」

「それは良かった。少し前、メロリーが起きてすぐに喉を潤せるようにとルルーシュが準備してくれていたんだ」

「えっ、ルルーシュはこの部屋に来ていたのですか？」

「ああ。呼び出しベルがいつまで経っても鳴らないから、メロリーを心配して様子を確認しに来ていたらしい。部屋から出てくるルルーシュにメロリーがよく眠っていると報告された私は、君が起きるまでこうして部屋で待たせてもらっていた、というわけだ」

「そうだったんですね」

サイドテーブルに空になったコップを置き、時間を確認する。

なんと、もう時刻は九時を過ぎようとしていた。

いつも遅くても朝の七時には起床していたのに、二時間以上寝坊してしまったらしい。

「申し訳ありません……！　この屋敷でお世話になっている身ですのに、朝寝坊だなんて……！」

体を少しロイドの方に向けて深く頭を下げれば、頭上から「顔を上げてくれ」という優しい声が響いた。

メロリーが指示に従うと、ムッと口を窄《すぼ》めるロイドの顔が至近距離に迫っていた。

「メロリーは私の婚約者なんだから、そんなことは欠片も気にしなくていい。何なら寝たい時に寝て、起きたい時に起きてもらって構わないし、メロリーが無理をする方が私は嫌だ」

「ロイド様……」

何故だろう。ロイドの口から婚約者だと言われると、胸が激しく疼《うず》いた。

(これまで、婚約者だと紹介される機会もあったのに、何で……？)

風邪でも引いているのだろうか。鼻や喉の症状はないが、顔の周りが熱い感じがするし、動悸も激しい。

頭も上手く回らず、メロリーはぼんやりしてしまう。

そんなメロリーを心配そうに見つめながら、ロイドは彼女の頬にぴたりと手を添えた。

「大丈夫か、メロリー。体調不良か？　それともまだ眠気が強いのか？　すぐに医者を――」

「い、いえ！　何でもありません！　本当に元気ですから！」

「そうか？　それならいいが……。最近、夜遅くまで調合部屋に籠もっているだろう？　忙しいのは分かるが、あまり無理はするな」

一度だけ、頬をスリ……と撫でられる。

メロリーの身体がピクリと跳ねたと同時に、ロイドは手を離した。

同時に顔も遠ざけられ、メロリーは身体の異変が少しずつ収まっていくのを感じた。

(良かった……。でも、ロイド様の言う通り体調不良かもしれないから、後で薬を飲もうかな)

そんなことを考えながら深呼吸を数回行い、気持ちを切り替えてからロイドに笑顔を向けた。

「大丈夫です！　屋敷の皆さんだけじゃなくて、もっと多くの人たちに私の作った薬を必要とされて、お役に立てるのが本当に嬉しいので……！」

「メロリーならそう言うと思った。それにしても、あの方たちはさすがだな。君の一番の望みが自分の作った薬で誰かの役に立つことだと分かった上で、メロリーの作った薬の凄さを貴族中に広めるなんて」


——遡ること三週間前。

メロリーの作った薬の効果もあって、メッシブル公爵夫妻は無事に結婚式の日を迎えられ、その後二人からは礼をすると言われていた。

そして、その礼がロイドの言う『メロリーの作った薬の凄さを貴族中に広める』ことだった。

トーマスは自身がひどく緊張する性質で身体にも影響が出ていたこと、それに伴い人前に出られなかったことを公にし、社交界を牛耳れるほどの影響力、人脈を持ち、話術にも優れたビクトリアは、トーマスの症状が治まったのはメロリーの作った薬によるところが大きいことを広めた。

多少の副作用はあるが、どれも通常の薬よりもはるかに効果が高く、更に痒いところに手が届く珍しい効果のものも多い——。

トーマスが具体的な症状を明かしたことや、今現在は時折薬に頼りつつも自分の性格や体質と上手く付き合えるようになりつつあること、それらの話を王家に次ぐ地位の公爵夫妻が自ら大々的に広めたことは話題性抜群で、信憑性《しんぴょうせい》も高いことから、メロリーの薬の有用性はたちまち貴族中に知れ渡った。

初めはカインバーク家と関係の深かった貴族から、用途に合った薬を作ってもらえないかと依頼があった。ロイドはメロリーに相談し、もちろんメロリーは誰かの役に立てるならと快諾。

メロリーとしては無償で提供したいくらいの気持ちだったが、多少でも売上があれば、ロイドの、ひいてはカインバーク辺境伯家の利益になるのではと、有償で依頼を受けることを決断した。

とはいえ、目を剥《む》くような高額ではない。

メロリーのできるだけ多くの人の役に立ちたいという願いから、ロイドにも相談に乗ってもらい、適正な値段設定で販売することになった。

「ふふ、お二人には感謝してもし尽くせません！　人生で、こんなにたくさんの方のお役に立てる機会があるなんて、夢にも思いませんでした！」

今や、一日に数十人の貴族から薬の依頼が来ている。

日に日に依頼は増える一方で、メロリーは毎日へとへとになるくらい忙しい日々を送っていたが、同じくらい充実感を覚えていた。

（相変わらず新薬を作る際はロイド様が毒見役を担当してくれていて、新薬の効果でハプニングが起こることもあるけれど……）

他にも、アクシスが調合室に鬼の形相で入ってきてロイドに執務室に戻るよう言ったり、ルルーシュには頑張りすぎです！　と叱られたりするが……そんな日々を、メロリーは宝物のように感じていた。

メロリーがたまらず頬を緩めると、ロイドは愛おしいものを見るように目を細めた。

「メロリーの笑顔は世界で一番愛らしいな」

可愛いだとか天使だとか、独特な感性を持つロイドに褒められたのは初めてではないというのに……。

(何で、こんなに恥ずかしいんだろう……)

戸惑ってしまったメロリーは、咄嗟に疑問に思っていたことを告げた。

「……っ、あの、そういえば、ロイド様はどうしてこちらに?」

起きるのを部屋の中で待っていたくらいなのだから、きっと何か用事があるのだろう。

「そうだった。これを渡しに来たんだ」

ロイドはそう言うと、軍服のポケットから淡い桃色の封筒を取り出した。

それを受け取ったメロリーは、きょとんとした顔でロイドを見上げた。

「これは……?」

「メロリーがどうしても力になりたいと自ら声を上げた相手――ケイレム伯爵家のご令嬢から、メロリーへの感謝の手紙だよ。一応確認のために私は先に目を通した。ぜひ読んでみるといい」

――ケイレム伯爵家の令嬢。

彼女は、以前メッシブル公爵家の結婚式が終わってから、ロイドに話しかけてきたケイレム伯爵の愛娘だ。

彼女は昔から、自身の髪質――ひどい癖っ毛に悩みを持っていたらしい。

彼女の憧れは、物語に出てくるような真っ直ぐでサラサラの髪の女の子。

理想とはかけ離れた自身の髪の毛を彼女は嫌い、また周りに指摘されるのを恐ろしく思い、他人に見せたがらなかったそうだ。

結果、彼女はトーマスと同じように社交界にほとんど姿を見せず、屋敷に引きこもっていた。

そのことで悩んでいたケイレム伯爵は、ロイドとの仕事の話を終えた後、娘の件について相談したらしい。

貴族にとって家族の悩みなど、おいそれと口にしていいことではない。おそらく、藁《わら》にも縋《すが》る思いだったのだろう。

ロイドもそのことを察し、ケイレム伯爵令嬢の現状について、メロリーに相談した。メロリーに薬を開発してほしいという意図ではなく、同じ女性として髪の毛というのはそれほど悩みの原因になり得るものなのか、尋ねたかったのだ。

しかし、メロリーは、すぐさま薬の開発に取り掛かった。

決して、ロイドに頼まれたからではない。

メロリーとしては癖っ毛も個性の一つで、本当に素敵だと思っている。

けれど、自分の薬がケイレム伯爵令嬢の悩みを少しでも減らせるなら、彼女の未来にほんの少しでも明かりを灯せるならと、そう考えたのだった。

「はい、ありがとうございます」

封筒を受け取ると、ふんわりと花の香りが鼻を掠めた。

その封筒から便箋《びんせん》を取り出したメロリーは、丁寧に文字を目で追っていく。

最後まで読み終えると、あまりの嬉しさで涙が溢れてしまいそうだった。

「私の作った薬を飲んだおかげで、世界が変わったって……――」

薬の開発に取り掛かったメロリーはまず、既に調合したことのある薬の中に似たようなものがあったため、それを再度調合した。

そして、翌日ものすごく眠くなってしまうという副作用などの説明をした上でそれを手渡したのだが……。

「毎日が楽しくて仕方がないって……。人前に出られるようになったって……」

その上、髪の毛のアレンジを楽しめるようになり……果てには自分のことを好きになれたと手紙には書いてある。

「ロイド様、どうしましょう」

メロリーが手紙を持つ手に、僅かに力が込められる。声は震え、視界は滲んだ。

「嬉しすぎて、涙が止まりません……」

ロイドに薬が役に立ったと言われたこと、アクシスやルルーシュ、屋敷の皆が薬を求めてくれたこと。そしてトーマスやビクトリアの、幸せそうな結婚式の姿。

それらも脳裏を駆け巡り、メロリーの涙腺《るいせん》を緩ませる。

――初めは、両親に褒められたくて始めた調合だった。

いつしかそれは大好きなことに変わり、自身の作る薬が誰かの役に立てればと願うようになり、そして、その願いが叶った今、溢れ出す涙を止める術をメロリーは知らなかった。

「メロリー、そういう涙は、無理に止めなくてもいいんだ」

ロイドはメロリーの手から優しく手紙を取ると、丁寧に畳んでサイドテーブルへと置き、ふわりと微笑んだ。

「それに、私もとても嬉しい」

「ロイド様……」

その言葉を疑う余地もないほど、ロイドは嬉しそうに笑みをたたえている。

彼は辺境伯家の当主だから、きっとメロリーの薬が家の役に立ったことを喜んでくれているのだろう。

——それでも、十分嬉しかった。

もっとロイドが喜んでくれるよう役に立ちたい、頑張りたいと、そう思ったというのに……。

「メロリーがこれまで必死に努力して作ってきた薬が、多くの人たちに認められたことが」

「え……？」

「君が今、幸せの涙を流していることが、心から嬉しいんだ」

「……っ」

ロイドはこれまで、何度も優しい言葉をかけてくれた。

調合を仕事にしてほしいと言ってくれた。

薬草採取にも連れていってくれて、毒見役も買って出てくれた。

けれど、今の今までそれは全て、ロイドがメロリーの薬に惹かれたから、価値を感じたからだと思っていたのだ。

決して愛などという感情のせいではなく、利害のようなものがあったからだと思おうとしていた

——はずだったのに。

(勘違いしてしまいそうになる。……ロイド様が実は、私のことを好きなんじゃないかって)

——そんなはずは、ないのに。

都合のいい解釈をすると、胸が躍った。

けれど、その考えを否定すると切なくて胸がズキリと痛んで、苦しい。確か、ビクトリアたちの結婚式が終わってからも、こんなふうに胸が苦しくなった。

メロリーは、きゅっと口を結ぶ。

(胸がドキドキしたり、痛くなったり、これって何なんだろう?)

メロリーがそんな感情の正体を理解できずにいると、こちらに伸びてくるロイドの手を視界の端に捉えた。

ロイドは親指で優しくメロリーの涙を拭う。

その仕草に心臓が跳ねたのもつかの間、彼はまるでそうするのが当たり前かのように、自らの手についた滴《しずく》をちらりと覗かせた舌で舐《な》め取った。

「!? なっ、何をして……!」

「思っていた通り、メロリーの涙は甘いな」

「いくら魔女でも涙は人と同じでしょっぱいです……！　何を言ってるんですか……！」

顔を真っ赤にするメロリーに対して、ロイドは真顔で可愛いと告げてから、頬を緩めた。

「ふっ、すまない。自らの欲求を抑えることができなかった。今度はメロリーの涙を見ても舐めなくて済む薬を作ってくれないか？」

「……もう！　何を言ってるんですか！」

そこまで限定的な薬は作れないと思いつつ、そういえば先程まであった胸の痛みがなくなっていることにメロリーは気付いた。

（もしかして、態度に出てたのかな？　だから、ロイド様は私の気を紛らわせるために、こんなことを？）

考えすぎかもしれないが、ロイドはメロリーの変化に目ざとく、誰よりも優しかった。

あり得ない話ではないと感じたメロリーがお礼を言おうとすると、ノックの後に静かに扉が開かれた。

「メロリー様、起きていらっしゃったのですね。……って、旦那様が何故こちらに？」

「えっ」

「…………」

ロイドは降参とばかりに両手を肩よりも高く上げ、気まずげに眉尻を下げる。

この部屋に入る前にルルーシュと会っていたと話していたので、入室することは伝えてあったのだと思っていたが、そうではないようだ。

「しかも、メロリー様は泣いていらっしゃったご様子。旦那様、これはどういうことですか？」

ルルーシュはずんずんと足音を立てて近付いてくる。

グオオオと音を立てているかのごとく背後から禍々《まがまが》しいオーラを放つルルーシュに、ロイドはいつも以上に背筋をピシ……と伸ばした。

「落ち着け、ルルーシュ。これにはわけが……」

「ええ、ええ。さすがに私も旦那様がメロリー様に無体を働いて泣かせたとまでは思っておりません。が、何にせよ、婚約者になってまだ日も浅い旦那様が身支度もできておられないメロリー様のお部屋に居座るなど、いかがなものかと思われますが。……逆に旦那様はどうお思いで？」

「……至ってその通りだ」

事実無根とはいえ、冷酷だなんて呼ばれているロイドがしゅん……としている様子を見るのは初めてだ。犬ならばきっと耳が大きく垂れているはず。

「……ふふっ」

そんな姿を想像すると、怒るルルーシュと反省するロイドには申し訳ないが、つい笑いが込み上げてきてしまう。

「メロリーが笑っている。やはり天使のように美しい……」

「旦那様？」

「あははは」

「『？』」

我慢しきれず、メロリーが口を大きく開けて笑えば、二人は反対にきょとんとした顔をしている。

「ルルーシュ、あまりロイド様を叱らないであげて。ロイド様は私にいち早く手紙を届けようと入室されただけで、しかも泣いていた私を慰めてくれていたんだから」

「……メロリー様がそう仰るのでしたら」

それから、メロリーはケイレム伯爵令嬢から嬉しい手紙が届いたことをルルーシュに話し、彼女とも喜びを分かち合った。

その様子を、ロイドは愛おしそうに見つめていた。

◇◇◇

「ハァ……。今日のメロリーも可愛かった」

ケイレム伯爵令嬢の手紙が届いてから十日後の夜。

執務室で、ロイドの呟きに「また始まったよ」と顔を歪めたのはアクシスだ。

「仕方ないだろう。メロリーの可愛さは毎日更新されている。ちなみに、メロリーが嬉しくて泣いている姿も天使のようで、あまりの可愛らしさに毎日思い出してしまうくらいだ」

「うわぁ。ひくぅ……。一回メロリー様に歪んだ性癖を治す薬を作ってもらえば？」

アクシスの言葉など意に介さず、ロイドは最近のメロリーの姿を思い出し、頬を緩める。

ケイレム伯爵令嬢の手紙を読んでからというもの、彼女は前にも増して調合部屋に入り浸った。日に日に依頼が増えているというのもあるが、改めて誰かの役に立てる喜びに心打たれたからなのだろう。

ロイドからすれば、寝る間も惜しんで調合に勤しむ姿に心配になることもある。

だが、メロリーは自分の作る薬が誰かの役に立つことが幸せ……もはや生き甲斐《がい》であることを知っているため、一生懸命調合に向き合う彼女の姿を見守った。

どれだけ忙しくても一日に一度はともに食卓を囲み、仕事の合間には調合室に顔を出し、新薬の開発の場合は是が非でも毒見役をさせてくれと言い寄ったりもしたが。

「ロイドの惚気は置いておくとして……メロリー様、薬が色んな人に認められて良かったね。彼女が作る薬、最近では貴族がこぞって求めるくらい大人気なんでしょ？」

「ああ！」

つい勢い良く返事をしてしまう。

メロリーの嬉しそうな笑顔を思い出しながら、ロイドはこう語った。

「三日前にも新薬の開発をしていてな。『少しの間目が乾くが、犬の鳴き声の真似が信じられないほど上手くなる薬』というのを飲んだんだが、メロリーが上手だと褒めてくれた」

「待って？　その薬は誰が何のために欲しがったの？　というか、メロリー様はそんな薬も作れるわけ？　……え？　つまり、ロイドが犬の鳴き真似したんだよね？」

アクシスは疑問をぶつけたが、ふとロイドが犬の鳴き真似をしている姿を想像して、ぶはっと息を吐き出した。

「汚いぞ、アクシス」

「ごめんごめん、我慢できなかった」

アクシスはそれからひとしきり笑うと、ふぅと息をつく。

そして、相変わらずメロリーへの愛おしさを語るロイドを意味ありげな瞳で見つめてから、ソファの端に事前に置いておいた茶封筒を手に取った。

向かいに座るロイドにそれを手渡せば、彼は一瞬目を丸くし、しかしその後すぐに何かを察したように目を眇《すが》めた。

「楽しそうなところ悪いけど、これ前に頼まれてた報告書ね。これまでメロリー様がどんな生活を送っていたとか、彼女の家族は何故薬の価値に気付いていないのかとか、分かる範囲で纏めてある」

これらの情報は、アクシスが自ら調べた分が半分。もう半分は、アクシスが使用人としてシュテルダム邸に忍び込ませた間諜に探らせた分だ。

どちらも信頼性は高く、おそらく大きな間違いはないと思うとアクシスは続けた。

「……すまなかったな。助かった。ありがとう」

「いーえ。僕もメロリー様の薬にはお世話になってるしね。この前もらった『一時的に髪が長くなるけれど、文字が数段速く書ける薬』なんて、期限の近い書類を片付けるのにとても役に立ったなあ……」

女性みたいに綺麗だと同僚たちから言われるのは些か鬱陶《うっとう》しかったが、それでも仕事が捗《はかど》るに越したことはないとアクシスは零す。

一方でロイドは書類の入った茶封筒を掴んだまま、深刻そうな顔つきをしていた。

「どうしたの？　読まないの？」

「……いや、読もうとは思っているが」

煮え切らない返答のロイドに、アクシスは「が？」と聞き返した。

「これを読んで、冷静でいられる自信がない」

「あー、そういうこと。……それなら、先に内容を知ってる僕から助言してあげようか？」

「何だ」

「メロリー様の人柄を知っている人がそれを読んだら、誰だって腹が立つよ。正直、胸糞《むなくそ》悪い。けど、読まないと彼女のことを知れないし、これから何か対策を取るにしても情報は必要だから、あーだこーだ考えてないでさっさと読めば？」

あっけらかんと話すアクシスに、ロイドはふっと息を吐き出した。

あまり助言になっていないし、アクシスにしてはかなり口が悪い。だが、不思議と頭はスッキリしているのを感じた。

「お前の助言、ありがたく受け取っておく」

ロイドは一度立ち上がると棚からペーパーナイフを取り出した。

そして、再びアクシスの向かいのソファに戻り手元の資料に目を通し、最後まで読み終わったところで手に力を込めた。ぐしゃり、と資料に皺が寄る。

「あーあー、せっかく纏めたんだから、丁寧に扱ってよ」

柔らかな声色でそう話すアクシスに、ロイドは鋭い眼差しを見せた。まるで戦場で敵に対峙《たいじ》した時のような、恐ろしいほどに冷たい目だ。

「胸糞悪くて吐きそうだ」

「だから、そう言ったでしょう？」

「あいつら……どうしてやろうか」

アクシスに手渡された資料には、メロリーが生まれてからこれまでのことが事細かく書かれていた。

魔女であることを理由に、離れに押しやられて満足な生活をさせてもらえなかったこと、金のために有益な秘薬を開発するよう両親に強いられていたこと。

しかし、両親が望むような薬を作れなかったことから、彼女は完全に見放されてしまった。

挙句の果てには、メロリーが魔女であることが周りにバレ、役に立つ秘薬を作れないならば働けと使用人以下の扱いを受け、その上、妹のラリアの引き立て役にさせられ、社交界では針の筵《むしろ》状態で過ごしていたらしい。

メロリーを大切にしてくれていた乳母もいつの間にか解雇され、メロリーは辺境伯家に来るまで、ずっと辛い思いをしてきたようだ。

唯一救いだったのは、調合がメロリーの心の救いになっていたこと。

調合という夢中になれることがなければ、もしかしたらメロリーの心は壊れてしまっていたかもしれない。

「メロリーが虐げられていたのは、この屋敷に来た際の医師の診察でおおよそ分かっていた。だが、まさか妹の引き立て役までさせられていたとは……」

「……それと、メロリー様の家族が何故彼女の薬を無価値だと決めつけていたのか、ってところも読んだ？」

「ああ。同じ人間であることを悔いるくらいには、愚かだと思った」

――魔女ならば、『不老不死の薬』『惚れ薬』『呪い薬』など、この世の理《ことわり》を覆すような薬を作れるだろう。

メロリーの両親は、そう思い込んでいたらしかった。

だからメロリーの作る、ほんの少し副作用はあっても効果が絶大で、痒いところに手が届き、時にユニークとも言える薬は無価値だと切り捨てていたようだ。

「勝手な期待でメロリーの才能も努力も否定したあいつらが、憎くてたまらない。メロリーの笑顔を奪ったあいつらなど、殺してやりたいくらいだ」

「気持ちは分かるけど落ち着いて。……で、どうする？　この報告書の内容が本当かどうか、一応メロリー様に確認する？」

ロイドは皺が寄った報告書をローテーブルの上に置くと、首を横に振った。

「しない。お前のことは信用しているし、メロリーに過去の辛かったことをわざわざ思い出させたくない」

「……了解」

ようやく、メロリーの作る薬が多くの人に認められて、彼女の人生が大きく動き出そうとしているのだ。

そんな彼女に余計な負担をかけたくなかった。

（……だからこそ、なおのこと〝あの時〟のことは伏せておかなければ。……それに――）

幸せそうに笑うメロリーを見るたびに、この笑顔を守りたい、もっと彼女のために自分ができることはないだろうかと考えてしまう。

（どうすれば、メロリーの役に立てる？　私のしていることなんて、メロリーが昔してくれたことに比べたら……）

ロイドが思い悩んでいると、アクシスに「ねぇ」と呼ばれたので、彼の方に視線を向けた。

「一応聞くけど、今後シュテルダム伯爵家とメロリー様を関わらせる気はないよね？」

「当たり前だ。一応あいつらがメロリーの家族だから、息の根を止めるのを我慢しているくらいなんだからな。一生関わらせるわけないだろう」

「そうだよね。……そう言うとは、思ってたんだけどさ」

うーんと唸《うな》りながら、アクシスは顎に手をやり、悩む素振りを見せる。

怒りで頭がいっぱいなこともあって、アクシスが何に悩んでいるのか思い至らなかったロイドは、「どうした？」と問いかけた。

「メロリー様の家族ってさ、本来は魔女の秘薬を高値で取引して、大金を得て、何不自由のない生活を送りたかったはずなんだよね」

「ああ。それが何だ」

「……いや、だからさ？　無価値だと思っていたメロリー様の薬が、最近では貴族たちに大人気で、かなりの売上を上げているでしょう？」

「……！」

そこまで言われて、ようやくアクシスが何を言わんとしているか理解できたロイドは、奥歯をギリと噛み締めた。

「あいつらの思う通りにはさせない――絶対に」

◇◇◇

「お父様、次はもっと派手で豪華なドレスを作らせましょうよ！　このままじゃあ、私が目立たないじゃない！」

ロイドが決意を固めるのと時を同じくして、シュテルダム伯爵邸の一室では、ラリアの甲高い声が響いた。

そんなラリアを妻と宥《なだ》めながら、父である伯爵は申し訳なさげに眉尻を下げた。

「買ってやりたいのは山々なんだが……我が家にはもうそんなに蓄えがないんだ」

「どうして!?　辺境伯から受け取った支度金があるでしょう!?」

『麗しの天使』と呼ばれていた頃の優美な笑顔はどこに行ったのだろう。

鬼のような形相で文句を垂れるラリアを余計に刺激しないよう、今度は母が口を開いた。

「それはもう全て貴女のドレスや宝石類に使ってしまったの……」

「……っ、それなら、領民の税を引き上げればいいじゃない！」

ラリアの発言に、彼女に甘い両親も表情を曇らせた。

「そ、それはもうしている！　だが、領民からの反発が強く、思ったように集められないんだ！」

「じゃあ、どうするのよ！　お父様！　お母様！」

ケイレム伯爵令嬢が参加した夜会での失言を周囲に聞かれてしまった日以来、社交界でのラリアの立場は一転した。

今やもう、ラリアのことを『麗しの天使』だなんて呼ぶ者はいない。

自分より美しい女性を貶《けな》し、またその時の形相が恐ろしかったことから、『穢《けが》れた悪魔』だなんて呼ぶ者もチラホラ現れたくらいだった。

中には、メロリーが流行遅れのドレスを着ていたのは家族の命令で、彼女を引き立て役として連れてきていたのではないかと推測する者もいるほどだ。

もちろん、そんな状況でラリアが自らを着飾ったところで、周りの評価を変えることはできない。

むしろ、着飾ることしか能がないのかと陰口を叩かれている。

つまり逆効果なのだが、それが彼女や両親の耳に入ることはなく、また間違いを正す者もいなかった。

「私の評判が落ちたままじゃあ、お父様もお母様も困るでしょう⁉　私は何をしたって絶対に――って、待って……？　どうしてこんな単純なことに気付かなかったのかしら！　お金の心配なんていらないじゃない！」

「「？」」

激しい怒号から一転、突然目をキラキラさせて楽しげに話すラリアに、両親は訝しげな表情を見せる。

するとラリアはニヤリと口元に笑みを浮かべた。

「この前の夜会でお父様たちもお聞きになったでしょう？　メロリーお姉様が作る薬の、は、な、し！」

「え、ええ。確か、最近では貴族たちに大人気で、あのケイレム伯爵家のご令嬢が社交界に出られるようになったのも薬のおかげだという話でしょう？」

「ラリア、それがどうしたと言うんだ？　しかし、理解できないな……。あんな出来損ないが作る役立たずの薬が、何故こんなにも人気になるんだ？」

父の発言に、母がコクリと頷く。

メロリーが作る薬の噂は、ちらほら耳に入ってきていた。

どれも、メロリーが伯爵家にいた頃に作っていたのと似たようなもので、決して喉から手が出るほど欲しいものではないため、理解に苦しんだ。

「さあ？　私にも分からないけれど、理由なんてどうでもいいじゃない？　メロリーお姉様がまだ我が家の人間だってことが重要なんだもの！」

「！　なるほど……そういうことか！」

ようやくラリアが言わんとしていることを理解した父は、未だに顔に疑問符を浮かべている母へと説明を始めた。

「我が家の天使……ラリアは気付いたのだ。メロリーが作った薬で儲《もう》けたなら、それは自動的に我が家に入ってくるということを！」

「！　そういうことね……!?」

「ふふっ、お父様もお母様も、気付くのが遅いんだから！」

この国では、女性が販売等の事業で収入を得た場合、そのお金は未婚なら実家の当主に、結婚していれば夫に入るようになっている。

自らの収入とするためには、その事業や商品が国の厳しい審査にパスしなければならず、年に一つか二つ通ればいい方だという。

その審査がどのようなものか、ラリアたちは知らない。

ただ、風の噂では有用性、民や国への貢献度のようなものが測られ、合格ラインはかなり厳しいようだ。

「出来損ないのメロリーお姉様が作る薬が、その審査に通るとは思えないわ？　つまり、私たちが何もしなくても、薬の儲けが勝手にお父様に入ってくるってわけ！」

「さすがはラリアだ！　金が入り次第、すぐにドレスを買ってあげるから、少し待っていなさい」

「ふふ、楽しみに待っていましょうねぇ、ラリア」

「はーい！」

ラリアはニッコリと微笑むと、弾んだ足取りで自室へと向かう。

(お姉様ったら惨めね)

せっかく薬が日の目を見たのに、ほんの少しも自分の収入にならないなんて――。

とはいえ、婚約相手は変態辺境伯であるロイドだ。彼の収入になったって、何に使われるか分かったものではない。

それなら、実家の役に立てる方がメロリーだって嬉しいだろう。

(ふふ、お姉様には感謝してもらわなくちゃ。ずっと役立たずだったけれど、ようやくこうして我が家のためになれるんだし)

――むしろラリアは、そんなふうにさえ思っていた。


だというのに、一ヶ月後。

屋敷に届いたとある書簡を両親と共に読んだラリアは、顔を真っ青にして口をあんぐりと開けた。

「メロリー・シュテルダムが作る薬が国の厳正なる審査に通過したため、得た利益は個人の収入とする、ですって……？」

結論となる一文を読み上げたラリアからは、「は？　え？　何で？」と動揺の声が漏れる。

いつ頃メロリーの稼いだ金が入ってくる、という通達を待っていたのに、これはどういうことなのだろう。

「有り得ない……！　あの出来損ないが作る薬が、国に認められるなんて……！」

「私だって信じられないわよ！　でも見てよ、貴方……！　ここにしっかりと書いてあるじゃない……！」

「そんな馬鹿な！　メロリーにこんな手続きができるはずがない！　まさか、辺境伯の仕業か……？」

ラリアが石のように固まっている一方で、両親は口論を始めた。

それもそのはず、ここ一ヶ月、メロリーから得るお金を当てにしていた両親は、ほんの僅かに残っていた財産もラリアが着飾るためのものに充ててしまったのだ。

このままでは、ドレスや宝石類を買うどころか、自分たちの今後も危うい。

（どうしよう……。これじゃあ新しいドレスを買えない。あの頃の輝きが、取り戻せない……っ）

もともと、父は領地経営の手腕など持ち合わせておらず、自ら事業を立ち上げる才能も皆無だった。

母も金銭管理に疎いばかりか、社交に長《た》けているわけでもないため人脈もなく、情報を得る伝手《つて》もなかった。

両親は互いにそれを理解してか、昔からラリアが捕まえてきてくれるだろう有望な婿の存在にかけていたところがあった。

それが、彼女への甘さに繋がっていたのだ。

しかし、そのラリアの評判も今や地の底だ。

最近では、有益な薬を作るメロリーを両親が出来損ないの魔女だと言っていたことも貴族たちにバレてしまい、ラリアだけでなくシュテルダム伯爵家の評判は悪くなる一方。

周りに援助を求めても無駄だということくらいは、ラリアたちにも理解できた。

「あっ、そうだわ……！」

絶望的な状況だったが、ラリアははたと思い付いた。

両親に顔を上げさせた彼女は、一切悪びれる様子なくこう口を開いた。

「何か理由をつけてメロリーお姉様をこの家に呼び出して、薬の儲けが我が家に入るよう一筆書かせたらいいのよ！」

「！　その手があったか……！」

ラリアの言う通り、メロリーが申請さえすれば、彼女の得た収入は実家の当主の収入になる。法律上、可能なことではあった。

「けれど、おそらくメロリーは収入を自分のものにするために、審査の手続きをしたんでしょう？大人しく一筆書いてくれるかしら……。そもそも、呼び出しに応じる？」

「大丈夫よ、お母様！　大怪我をしたから貴女の薬で助けてほしい、とでも書けば、あのお姉様ならすぐに帰ってくるわ！」

ラリアが高らかに言えば、両親は納得したようだった。

（ふふっ、この計画なら完璧ね……！）

一度は予定が狂ってしまったけれど、今度こそ大丈夫なはずだ。

ラリアは厭らしく口角を上げると、早速メロリーを呼び出すための手紙を書こうと両親に提案したのだった。

第九章

日に日に増えていく薬の依頼に伴い、調合室には薬草の匂いが充満していく。それを嗅ぎながら、メロリーはうっとりとした表情で出来上がった薬を眺めた。

「うん、完璧！」

ケイレム伯爵令嬢から、お礼の手紙が届いた三日後の昼下がり。

メロリーが今持っているのは、『膝がカサカサになるが、口臭がなくなる薬』だ。

依頼主は初老の貴族男性。

孫娘に「お口がくしゃい」と言われたことを悩んでいたそうで、一時的にでも口臭を完全になくす薬はないかと依頼があったのだ。

口臭をきつくするために、わざわざ強烈な臭いがする薬草を食べてから、試飲してくれたロイドには感謝してもし尽くせない。

「メロリー様、お疲れ様でした」

「ルルーシュ、手伝ってくれてありがとう！」

先日採取したばかりの薬草の水洗いに加え、出来上がった薬を丁寧に梱包してくれたルルーシュに礼を告げる。

調合室にはルルーシュの他に数人のメイドがおり、皆がメロリーが調合にのみ集中できるよう手伝ってくれていた。

「皆もありがとう！　少し休憩にしましょうか！」

いくら窓を開けて換気しているといっても、これだけ立て続けに調合を続ければ匂いは消えてくれない。

薬草の匂いに慣れていないルルーシュたちの気分が悪くなる前に休憩を挟んだ方がいいだろうと、メロリーは判断したのだ。

ルルーシュ以外のメイドが調合室の外に出て休憩している中、この場に似つかわしくない高級なソファに腰掛ける。

「それにしても、旦那様がいないのは変な感じがしますね」

そんなルルーシュの言葉に、メロリーは思い出すように、ふふっと笑みを零した。

「確かにそうかも。この時間はよく休憩と称してここに来てくれていたから。でも、ロイド様は今日、国王陛下に謁見するという大切なご用があるしね」


遡ること数時間前。

朝日が昇り始めた早朝に、ロイドは国王に会うために何人かの部下を連れて屋敷を後にした。

王宮まではかなり時間がかかるらしく、今日は帰ってこられないだろうとのことだ。

（いつもの軍服に華やかな装飾をつけたお姿、格好良かったなぁ。すぐに戻るからと声をかけてくれた時に握られた手は力強くて、大きくて、何だかドキドキし……って、また私は！）

最近、気が付けばロイドを見たり触れたり、何なら彼のことを考えるだけで胸が騒ぐ気がする。自らが作った、動悸を落ち着かせる薬は飲んだがあまり効かず、メロリーは自身の異変がどうしたら落ち着くのか、分からないでいた。

（とりあえず深呼吸をしよう……。ふぅー……はぁ……）

今回の謁見は、ロイド自身が申請したことによって叶ったことらしかった。

謁見の理由については知らない。というか、聞いていない。

ロイドもわざわざ話してこなかったし、それなら婚約者でしかない自分は聞くべきではないと考えていたからだ。

しかし、謁見に際し、メロリーはロイドに一つ頼み事をされた。

それは、国王にとある薬を作ってほしいということだったのだけれど……。

（本当にあの薬で良かったのかな……？）

口元に手を当てて考えるメロリーに対して、ルルーシュはさらりとこう告げた。

「ご安心ください。旦那様にとって、メロリー様の側にいるよりも大切な用事などないと思いますから」

「え？　何か言った？」

何か凄いことを言われた気がしたけれど、いかんせん集中していたせいで、あまり耳に入っていなかった。

　メロリーの憂いのない目が丸くなる様を捉えたルルーシュは、「余計な心配でしたね」と呟いてから、本題を切り出した。

「それよりメロリー様、お渡ししたいものがあるのですが」

「？」

　ルルーシュはそう言うと、メイド服のポケットから封筒を取り出した。メロリーの掌くらいの大きさの、白い簡素な封筒だ。

「メロリー様が調合をされている間に使用人の一人が持ってきてくれていたのですが、集中力を欠いてしまうやもと思い私が預かっておりました。……ご実家からのお手紙です」

「！　実家から？」

　驚きつつも、メロリーはその手紙を受け取る。

（これまで音沙汰がなかったのに……というか、手紙をくれるような関係性ではなかったのに、一体どういうこと？）

　この屋敷に届くメロリーへ宛てた手紙は、使用人によって一旦封筒を開かれ、危険物が入っていないかの確認が行われる。内容まで把握されることはない。

　しかし、ルルーシュの表情が険しいことから、もしかしたら自分と家族の関係性を何となく察しているのかもしれない。

「ルルーシュ、心配しないで！」

「は、はい……」

にこやかな笑みを浮かべると、少しだけルルーシュの強張った顔が和らぐ。

そんなルルーシュを横目に、メロリーは便箋を取り出し、文字を目で追った。

そして、最後まで読み終わった頃——。

「嘘……！」

メロリーの顔が真っ青になった様を見て、ルルーシュの表情に緊張が走った。

「メロリー様、お手紙には何と……？」

「ラリアが……妹が事故に遭って、大怪我をしたって……っ」

「！」

「それで、私の作る薬で、ラリアを助けてほしいから、今すぐ帰ってきてほしいって……」

メロリーにとってラリアは、目の中に入れても痛くない可愛い妹——とは程遠い存在だった。

産まれてすぐに離れで育ったメロリーは、ラリアの幼い頃の姿をほとんど知らない。

使用人に交じって屋敷に足を踏み入れるようになってからは頻繁《ひんぱん》にラリアを見るようになったが、両親に倣《なら》って見下してくるような性格も、社交場でだけ敬う様子を見せてくるところも、あまり好きにはなれなかった。

無条件に両親に愛されるラリアに、醜く嫉妬したことも一度や二度じゃない。

「急いで薬を調合して、私、実家に帰らなきゃ」

けれど、初めて家族に頼られた。必要とされた。

自分が調合する薬で助けてほしいと、求められた。

「……やっと、家族の役に立てる」

——何故、今も調合しているのか。

そう問われたら、調合が好きだからと答えるだろう。

けれどメロリーの心の奥底には、ずっと残っていたのだ。

家族に認められたい、家族に褒めてほしい、家族の役に立ちたいという、そんな思いが。

忘れかけていたその思いは、今回の手紙によってメロリーの心を埋め尽くした。

「……メロリー様、しかし」

「薬を手渡したら、すぐに戻ってくるから大丈夫。ロイド様にもその旨を手紙に書いて残しておくから、心配しないで。ルルーシュ、申し訳ないけど、馬車の手配をしてくれる……?」

メロリーはこの屋敷に来てから、これほど強く自分の意見を押し通すことはなかった。

ルルーシュは不安を心の奥底に押し込み、コクリと頷く。

「……かしこまりました。けれど、私も付いていきます。それでよろしいですか?」

「もちろん！　ルルーシュがいてくれるなら心強いわ！　ありがとう」

その後、メロリーが急いで調合を開始すると、ルルーシュは執事のセダーに事のあらましを説明し、現在外出しているアクシスが帰り次第、情報を共有するよう頼んだ。

メロリーは調合したばかりの薬が入った鞄を大事に抱えながら、シュテルダム伯爵邸までの道中、馬車に揺られた。

◇◇◇

一方その頃、ロイドは王宮内にある謁見の間で、国王と対峙していた。

「カインバーク卿、面《おもて》を上げよ。……それで？　ようやく私の娘を娶る気になったのか？」

部屋の真ん中に、厳かな赤い絨毯《じゅうたん》が敷かれた謁見の間。その奥にある階段の頂上には椅子が二つ並んでいる。

今日は空席だが、片方は齢《よわい》四十にしてなお意気盛んな国王の寵愛《ちょうあい》を一身に受けている若い王妃のもの。

もう片方には、現在進行系で幼い娘を婚約者にと推してくる国王が座っている。

「ご冗談を」

ロイドは片膝をついたままで顔を上げると、メロリーのことを思い浮かべ、ふと頬を緩ませた。

「私には既に、この世の何者にも代えがたいほどに大切で、愛おしく、また天使のように可愛らしい婚約者がおりますので」

「ほう。卿《けい》がそんな顔をするとは、よほど惚れていると見える」

国王は顎髭を軽く触りながら、驚いた表情を見せた。

「仕方がない。私の娘のことは残念だが、卿の珍しく惚気た顔が見られたことに免じて勘弁してやろう。して、今日は何の用で参ったのだ？」

「私の婚約者、メロリー・シュテルダム伯爵令嬢のことについてお願いがあり、参りました」

ロイドが謁見申請をしたのは、ちょうどメッシブル公爵夫妻の結婚式の後——メロリーが作る薬の凄さが貴族たちに広まった頃だった。

これまでは、顔を合わせると幼い娘を婚約者にしないかと言われるせいで、国王と会うことにあまり積極的ではなかった。

しかし、今日は違う。

「戦勝の立役者である卿のためならば、頼みの一つや二つ聞いてやろう。申してみよ」

「ありがとうございます。では遠慮なく。……私の婚約者、メロリーの——魔女の悪評を払拭できるよう、陛下のお力添えをいただきたい」

「……ふむ、なるほど？」

国王はニヤリと口角を上げて酷く楽しそうに目を細めている。

顔を合わせれば「若妻は良いぞ～！」などと軽口を叩きはするが、何を考えているか分からない食えないお人でもあった。

国王は足を組み替え、ゆっくりと口を開いた。

「メロリー嬢に『出来損ない魔女』という噂があることは知っている。しかし、最近では彼女が作る薬は多くの貴族たちから大人気だそうじゃないか。私が何をしなくても、いずれ噂は消えるのではないか？」

「……それだけでは、駄目なのです」

メロリーの薬を飲んだ者のほとんどは、彼女に感謝している。メロリーは出来損ないなどではないと、声を大にして言い回る者も少なくない。

しかし、一方で未だにメロリーの薬に……否、メロリー自身に不信感を抱く者は多い。

メロリーが、不吉の象徴である魔女だからだ。

いくら効果が高かろうと、魔女が作る薬なんて飲みたくない、危険があるはずだという声は、ちらほら聞こえてきていた。

当然と言えば当然だ。

しかし、ロイドはそれがどうしても気に入らなかった。

だから、彼女の薬がより多くの人に認められるよう、国に審査を申請した。

——おそらく、メロリー本人は悪評について知ってもさほど気にしないだろう。誰かの役に立てるなら幸せだと思うくらい、心優しくて、健気な人だから。

けれど、ロイドはそうではないのだ。

「私は、メロリーが国中から愛されるような、そんな魔女になってほしいんです」

誰からも後ろ指をさされずに済むように、メロリー自身が胸を張って魔女だと言えるように。

(魔女であることで、メロリーが傷付かなくても済むように)

ロイドの言葉に、国王は再び顎髭を撫でた。

「メロリー嬢のみならず、魔女そのものの悪評を取り払いたいという卿の言い分は分かった。国王である私が魔女の名誉回復に努めれば、さほど難しい話ではない」

「では――」

「だが、そのためにはやはり、メロリー嬢が作る薬がいかに安全で効果的なのかを、国民全体に知らしめることも大切だ」

国王の言うことはもっともだ。メロリーが魔女であることで、自分たちにメリットはあるのか。そのメリットが大きければ大きいほど、魔女の名誉回復は簡単になる。

「しかし、残念なことに私はメロリー嬢が作る薬を飲んだことがなくてな。さすがに自身が試したこともないものを、大々的に薦めるわけにはいかん」

「それでしたら――」

ロイドは床に置いておいた鞄を開き、国王に見えやすいように腕を前に伸ばす。

そこには、薄緑色の液体が入った小瓶が三つ入っており、国王は興味津々といった様子でそれを見つめる。

「それは?」

「私の愛する婚約者が作った薬です。陛下ならば、ご自身で試したものではないと前向きに検討してくださらないと思いましたので、事前にご用意しました」

「ほう。準備がいいな。で、その薬の効果は?」

国王は昔から、風邪一つ引かないくらいに体が強かった。視力や聴覚、味覚などにも問題がなく、自身の見た目にも絶対的な自信を持っている。

痒いところに手が届くメロリーの薬を飲み、効果を実感してもらう相手としては、最も厄介だった。

　何故なら、健康面での悩みがほとんどないのだから。

　しかし、これまで何度も国王と対峙してきたロイドは知っていた。

　国王の唯一の悩み、それは――……。

「こちらは、精力剤です」

「何……!?」

「厳密に言うと『一時的に足が少し大きくなるけれど、精力が増す薬』です」

　ロイドは続けて、魔女には人体に有害か否かを見分ける能力があること、効果は自分の身体で検証済みであることを報告した。

「こ、効果はどれほどだ……？」

「……恐れながら、一日中外出ができない程度にはあるか、と。個人差はあると思いますが」

「おお！　本当か！　しかし、副作用があるんだろう？」

「ございます。ですが、陛下がこの薬を飲まれた際に、足が少し大きくなってもそれほど問題はないかと思います」

「確かに……」

　国王の唯一の悩みは夜の方の体力が衰えてきたことだ。

　とはいえ、精力剤自体は既に存在していた。

　自国のもの、他国のもの、国王はそれらを取り寄せては飲んでいたのだが、そのどれもが思っていたような効果を与えてはくれなかった。もしくは、効果と比例して副作用も大きくなり、体調を脅かすようなものばかりだったのだ。

（メロリーに精力剤を作ってほしいと頼んだ時、彼女の後ろにいたルルーシュの顔は、気の弱い者なら気を失うくらいに恐ろしいものだったが）

メロリーであれば、ほんの僅かな副作用で、絶大な効果を得る薬を作ることができる。

過去に精力剤を作ったことがなかったようで、開発には苦心していたようだが、ロイドとしては何度も毒見役を請け負えてむしろ感謝したいくらいだった。

……精力剤の効果が切れるまで自室に籠もらなければいけなかったのは、やや大変だったが。

「陛下。先程の頼みは、こちらの薬を飲み、効果を検証していただいてからで構いません。ご検討願えませんでしょうか」

「ふむ、分かった。早速今夜試してみるとしよう。結果次第では、卿の頼みに助力は惜しまん。それと、せっかくここまで来たのだ。部屋を用意させるゆえ、少しゆっくりしていけ」

「ハッ。承知いたしました」

ロイドは王の側近に薬の入った鞄ごと預けてから、王の間を後にする。

それから、二日間王宮に留まったロイドは、再び国王と話し合いを済ませた後、急ぎ屋敷へと向かったのだが──……。

「は？　メロリーが実家に行った、だと──？」

自邸のエントランス。

帰邸後、急ぎ報告をしてきたアクシスの言葉を復唱したロイドの心臓は、ドクリと嫌な音を立てた。

「どういうことだ！　何故メロリーが……！」

王城に行っている間に、家族がこの屋敷に来てメロリーを連れ去っていったのか？　それとも、メロリーが自らの意思で？　どうして？

動揺のあまり、ロイドはものすごい剣幕でアクシスに詰め寄る。

いつもなら「怖いから！」と怯えたり文句を言ったりするアクシスだったが、今回ばかりは冷静だった。「落ち着いて」とだけ言うと、懐から取り出した手紙をロイドに手渡す。

「メロリー様は、ロイドが王城に行き、僕が外出している間に家族から手紙で呼び出しを受けて、自らの意思でルルーシュとともに行ったみたい。理由については説明するより読んだ方が早いだろうから、まずはこれを読んで」

「……。分かった」

ロイドはすぐさま受け取った手紙を開き、目を通した。

「妹が事故で大怪我……？　何だ、これは……」

どんな事故なのかも、身体のどこを怪我したのかも何一つ書かれていない。

とりあえず戻ってくるように、という鬼気迫る思いだけは読み取れるが、それが手紙の内容が真実だと裏付けるものでもないことを、ロイドは瞬時に悟った。

（というより……この手紙はおそらく――。とはいえ、こんな手紙が来たら、メロリーは迷わず実家に戻ることを選んだだろうな。これまで家族に薬を馬鹿にされ、頼られることがなかった彼女のことだ。やっと家族の役に立てると考えているはず。なんせ、メロリーは優しいからな）

ルルーシュが付いていっていることだけは唯一の救いだが、それでも金に目が眩《くら》んだシュテルダム家の者がメロリーに何をするか分かったものじゃない。

（一秒でも早く、助けなければ――）

ロイドは一度深く息を吐くと、冷静さを取り戻しつつアクシスに向き合った。

「……アクシス、取り乱してすまなかったな」

「別に、何ともないよ。これでも一応、ロイドがどれだけメロリー様のことを大切に思っているかは知ってるし。……ってなわけで、馬の準備はしてあるからさっさと行きなよ。屋敷のこととか仕事は僕に任せてさ」

「……恩に着る」

ロイドは小さく口角を上げると、屋敷の扉を開け、走り出す。

「ちょっとロイド！　馬はそっちじゃないよ!?」

「その前に離れに用がある！　あとは頼んだぞ！」

アクシスに言ったように、ロイドは離れに行き、棚の中から目的の薬を手に取る。

そして、馬に跨《また》がり、シュテルダム邸へと急いだ。

（すぐに行く。……メロリー、無事でいてくれ）

◇　◇　◇

馬車に揺られて三日後の夜。

ようやく目的のシュテルダム伯爵邸が見えてきた。

馬車の小窓から実家の姿を確認したメロリーは、自身を落ち着かせるために大きく深呼吸をする。

「メロリー様、大丈夫ですか……？」

「うん、大丈夫よ、ルルーシュ」

目の前に座り、心配そうに問いかけてくるルルーシュに笑顔を見せる。

辺境伯領へ行くことが決まってから、決して実家には戻ってくることはないと思っていた。

もしもロイドから門前払いを食らったとしても、もう二度と実家の敷居を跨せてもらえないことは分かっていたからだ。

（それなのに、私は今戻ってきている。……それも、家族に望まれて）

実家からの手紙には、ラリアは事故が原因で全身が激しく痛むとしか書いていなかった。

骨折だとか、打撲《だぼく》だとか、擦り傷だとか、詳細が書かれていれば、できるだけ症状に合った薬を用意したのだが、手紙からは緊急性が窺えたので、詳細を尋ねる返信をするよりも先に、こうやって実家に戻ってきたのだ。

「私の薬で、お役に立てればいいんだけど……」

「…………。そういえばメロリー様、今回はどのような効果のお薬をお作りになったのですか？」

メロリーが急ぎ薬を調合している間、ルルーシュは馬車の手続きや使用人たちへの連絡、ロイドに残す手紙を書くための道具に、替えの服や下着などを用意してくれていた。

そのため薬について何も説明していなかったことに気付いたメロリーは、鞄から目的の薬が入った瓶を取り出し、それをルルーシュに見せた。

「これはね、『身体の機能を活性化させる薬』なの。治癒力《ちゆりょく》を高める薬って言った方が分かりやすいかな？　どこが辛いか分からなかったから、とりあえずこれが一番だと思って」

この薬が完成したのは、トーマスのために新薬を開発する少し前のことだ。

効果を知るためにこの薬を飲んだ際、指先に負っていた小さな怪我がすぐに治癒したのだ。大怪我を負った小鳥に使った際もすぐに怪我は治り、元気に飛んでいった。

「これを飲めば、ほとんどの怪我は数日も経たずに治ると思うわ」

「す、凄すぎませんか……!?　これまでメロリー様が作られる薬はどれも魅力的でしたが、その薬があれば怪我も怖くありませんね！」

ルルーシュが興奮気味に語る。

基本的に冷静な彼女の、こんな姿を見られるのは少しレアだ。

メロリーも、この薬を考案した時は、ルルーシュと同じように歓喜したものだ。

「けどね、この薬には少し欠点があって――」

「到着いたしました」

御者の言葉に遮られて、メロリーは言葉を呑み込んだ。

小窓から外を見れば、すぐそこに実家の正門があった。既に開いていることから、入ってきてもいい、ということなのだろう。

「ルルーシュ、ここからは徒歩で向かいましょう。屋敷はすぐそこだから」

「かしこまりました」

先に馬車から降りたルルーシュの手を借りて、メロリーも地面に足をつける。そして、屋敷を見上げた。

(あれ？　こんなに小さかったっけ？)

数ヶ月ぶりの実家の外観は何も変わっていないはずなのに、懐かしさよりも辺境伯邸との差をまざまざと感じた。

というより、自分の中で屋敷といったら辺境伯邸という認識になっていたことに、メロリーは驚いた。

――いつの間に、ロイドと過ごす屋敷が自分の中でこんなにも大きな存在になっていたのだろう。

「……行きましょうか、ルルーシュ」

家族の役に立ちたい。認めてもらいたい。

同時に、早くロイドが待つカインバーク邸へ、調合部屋へ帰りたい。

メロリーはそんな想いを胸に、薬を入れた鞄を片手に持ったまま、実家の方へと歩き始めた。

玄関に到着すると、すぐに使用人たちが扉を開けてくれた。

エントランスに足を踏み入れれば、こちらに一斉に注がれる視線。以前のように嫌悪や嘲りは感じられなかった。

メロリーが作る薬の噂が使用人たちの耳にも届いているのか、ラリアの身を案じているため、メロリーどころではなかったのかまでは分からない。

「えっと、ラリアが怪我をしたと聞いたから戻ってきたの。ラリアのところに案内してくれる……？」

「承知しました。では、お連れ様はこちらに」

「はい？」

使用人の一人がルルーシュを一階の奥の部屋へ案内しようとする。

しかしラリアの部屋は二階にあり、おそらく彼女はそこで休んでいるはずだ。

現に、何人かのメイドたちはメロリーを二階に案内するために動いていた。

「待って！　どうして彼女を一階に通すの？」

メロリーが疑問を投げかければ、使用人の一人が申し訳なさげに口を開いた。

「旦那様からのご指示でございます。旦那様たちのもとへは、メロリー様だけをお通しするように、と。お連れの方がいた際は、一階奥の応接間でお待ちいただくようにとも仰せつかっております」

「お父様が……？」

ルルーシュは心配そうに見つめてくるが、何も言わなかった。おそらく、メロリーの決断を待ってくれているのだろう。

（お父様たちがルルーシュを……というか、私以外を部屋に招き入れたくない理由って何だろう？）

それを考えた時、一つ思い至ったのは、今回ここに来る目的となったラリアのことだ。

ラリアは、全身が痛むほどの怪我を負ったと書かれていた。それなら、顔に傷があっても不思議ではない。

（ラリアは昔から自分の顔の美しさに自信を持っていた。もし顔に怪我をしているなら、その姿をできるだけ誰にも見られたくないと思うのは不思議じゃない……）

そう結論付けたメロリーは、ルルーシュに一旦応接間で待つようお願いした。

ルルーシュはやや迷いながらも納得し、お気を付けてと言って奥の部屋へと歩いていく。

小さくなっていく彼女の背中を見送ったメロリーは、使用人たちに続いてラリアの部屋を目指した。

ロイドから婚約の打診が来る前、使用人の仕事で何度も足を踏み入れたラリアの部屋。

わざと足をかけられて転ばされたり、掃除道具を蹴《け》られて手間を増やされたりと、嫌がらせをされた思い出しかない。

しかし、そんなラリアが今大変な目に遭っている。

事故の恐怖、身体の痛みは相当なものだろう。自分が作る薬でそれをほんの少しでも、和らげてあげたい。

（ラリアや、お父様とお母様の役に立ちたい。そして、できたら私が作る薬を……私自身を認めてほしい）

心臓が激しく脈打つ。緊張と、ほんの少しの期待のせいだろう。

（落ち着いて、私。……よし！）

メロリーは自分自身にそう言い聞かせてから、扉を開く。床に落としていた視線を少しずつ上げ、家族を見つめる。

（え……）

少なくともこの時は、この瞬間だけは、自分の来訪を家族は喜んでくれると、そう思っていたというのに――。

「……ハァ、ようやくお出ましだ」

「遅かったじゃない」

どうして両親は、相変わらず蔑んだ目で、まるで汚いものを見るかのように睨んでくるんだろう。

「お父様もお母様も、もっと笑顔で迎えてあげましょうよ～？　メロリーお姉様、お帰りなさい」

どうしてラリアは、痛みに耐える素振りもなく、平気そうに歩いているんだろう。

「な、んで……」

動揺のあまり、声が震えた。

手紙に書かれていた話と、目の前の光景があまりに違っていたから。

「ふふ、どういうことか訳が分からないって顔をしているわねぇ」

母はそう言うと、メロリーの側に寄り、後ろから彼女の肩をそっと抱きながらソファへと誘《いざな》った。

メロリーはされるがままソファへと腰を下ろし、薬が入った鞄をソファの肘掛けに立てかけるように置いた。

メロリーの隣にはラリアが、ローテーブルを挟んだ向かいのソファには両親が腰を下ろす。

その様子は、何も知らない者が見たら、さほど珍しくない家族の日常の光景として映るだろう。家族が仲良く団欒《だんらん》していると、そう思うはずだ。

けれど、それとは決定的に違うのは、メロリーが恐怖に震えていることだ。

メロリーは困惑と緊張から冷や汗をかいた手で、ワンピースが皺になるくらいにギュッと握り締めた。

「メロリー、単刀直入に言う。この書類に名前を書きなさい」

「え……？」

ずいと手渡された書類を見ると、『薬』『販売』『売上』などの単語が目に入ってくる。

しかし、この状況を理解できていないのに書類の内容まで理解できるはずもなく、両親たちを見ながらメロリーは目を丸くした。

対してラリアは、楽しげにふふっと笑い声を零した。

「お父様ったら、いくら何でも説明が少なすぎるわよ～。ほら、メロリーお姉様が困ってるじゃない」

「いやぁ、気が急いてな。それにしても、お前は相変わらず優しいなぁ、ラリア」

「本当に、ラリアは優しい子ねぇ」

「あの……！」

両親がラリアを褒めるのは今に始まったことではないが、さすがに説明が欲しい。

メロリーが会話を遮れば、ラリアはメロリーの顔を覗き込み、上目遣いで見つめてきた。

「ふふ、私はとっても優しいから、お姉様に分かるように説明してあげるね？」

「っ、待って！　ラリア、貴女怪我は……!?」

「見て分からないの？　怪我なんて一つもしてないわ？　お姉様をここに呼び出すための口実に決まってるじゃない！」

「！」

悪びれず話すラリアは、まるで人形かと思えるほど美しく笑った。

背筋がぞわりと粟立つ中、どういうことなのかを問いかけようとすれば、ラリアが先に口を開く。

「あのね、お姉様がケイレム伯爵家の娘に余計な薬を渡すから、社交界での私の立場が脅かされてるの」

「？　どういう……」

以前、ケイレム伯爵令嬢からもらった手紙に書いてあったように、彼女はメロリーの薬を飲んだことで人前に出られるようになった。ラリアの口ぶりからして、おそらく社交界にも参加したのだろう。

（でも、それが何？）

メロリーは引き立て役として、社交場では誰よりもラリアの近くにいた。

多くの男性がラリアの可愛らしい見た目に、そして魔女であるメロリーを大切にする優しい性格の虜《とりこ》になっていたことは知っている。

（それなのに、ケイレム伯爵令嬢が社交界に出ただけで、ラリアの立場が脅かされるなんて、あり得る？）

メロリーは違和感を抱いた。

けれど、自分の美貌や人気に対しては尋常じゃないほどのプライドを持っていたラリアが、これまでずっと馬鹿にし続けていたメロリーに現状を吐露《とろ》したのだ。

理由はどうあれ、社交界での立場が思わしくないのは確かなのだろう。

「それで、前みたいに……ううん、前よりも私が輝くためには、お金が必要でね？　ほら、美しいドレスや宝石を買うのに大金が必要なことくらい、お姉様でも分かるでしょう？」

そう話すラリアの装いに目をやれば、メロリーがまだ実家にいた頃には見たことがなかったドレスを着ていることに気付いた。

胸元で光り輝くダイヤモンドのネックレスも、耳元で揺れるルビーのイヤリングも初めて見る。

先程のラリアの口ぶりからして、おそらく窮地《きゅうち》に立たされたラリアが両親に買ってと強請《ねだ》ったのだろう。

今身に着けているもの以外にもたくさん強請ったことも、想像に難くなかった。

「私たちもね、お金を集めるために色々したのよ。でも、我が家のお金も底をついてしまったの。そこで、お姉様の噂を聞いたってわけ！　今、お姉様が作る薬が貴族たちに大人気なんでしょう～？　羨ましいわ～」

ニヤつきが抑えられないのか、ラリアの頬がピクピクと動いている。見たところ、両親も同様のようだ。

「……まさか」

メロリーはすとんと視線を下げて、手元の書類に目を通す。

ラリアの説明と、家族の厭らしく緩んだ顔。

それらも含めると、ザッと読むだけでこの書類の意図するところが理解できた。

（何だ、そういうことだったんだ）

書類には、メロリーが作る薬の収益を、シュテルダム伯爵家当主に一任する旨が書かれていた。

これにメロリーがサインすれば、薬で得た利益は父に入ることになり、おそらくその金はラリアを着飾るために使われるのだろう。

（家族に何を言われたって、何をされたって、もう傷付かないと思っていたけど……）

ほんの少しだけ期待してしまったから、その反動で胸がチクチクと痛んだ。

よくよく考えれば、今更家族が素直に薬を欲してくれることなんて、メロリーを頼ってくれることなんて、あるはずがなかったのに。

（だめだ……。ちょっと泣きそう）

ツンと鼻が痛くなるような感覚と、僅かに歪む視界。

メロリーが必死に涙が流れないよう堪えていると、父が口を開いた。

「何故かは分からんが、お前の薬が国の審査に通った。そのせいで、本来私に入るはずの儲けがお前に入るようになったと通達があった。……国も愚かだなぁ。お前のような出来損ないの魔女が作る役立たずの薬を認めるなど。……だが、考え方を変えればお前が作る薬に箔《はく》が付いたということ。お前が署名さえすれば何の問題もない」

「ようやく役立たずの貴女でも、家の役に立てる時が来たの。喜びなさい？　メロリー」

「良かったわねぇ、お姉様っ！」

メロリーを除く三人が、楽しそうに見つめ合っている。まるで、すぐそこに幸せが落ちているかのように。

（私は、涙が落ちそうだけど。ああ、でも、ロイド様なら泣いてもいいって言ってくれるかな）

以前、ケイレム伯爵令嬢からの手紙に感動し、嬉し涙を流すメロリーに、ロイドは無理に涙を止めなくてもいいと、幸せの涙が見られて嬉しいと言ってくれた。

そのことを思い出したメロリーは、ぐっと唇を噛み締めて、涙が零れてしまわないよう必死に我慢した。

何故ならこれは、幸せの涙じゃない。こんな涙を流したら、ロイドが悲しむかもしれない。

（だって、ロイド様はとても優しいから。審査のこともそう）

メロリーの薬が人気になってすぐの頃、ロイドから薬の販売を事業として国に申請し、審査してもらおうと言われたことがあった。

その方が、多くの人にメロリーの薬が届くようになるから、と。

しかし、どうやら理由はそれだけでなかったようだ。

ロイドは、メロリーの作った薬だけでなく、それにまつわる利益が、家族に搾取されないように手を回してくれていたのだろう。

「ロイド様……」

自分のことしか考えていない家族たちとは違う、誰よりも優しい人。是が非でも毒見役をしたいという、薬への興味が強い人。

(とても私を大切にしてくれて、私を天使なんて呼ぶ独特な感性を持つ、不思議な人。……そして)

メロリーはロイドと過ごすうちに、彼の笑顔を見るだけで嬉しさを覚えるようになった。

手が触れるだけで胸が躍って、彼のことを考えるだけで胸が締め付けられて、今だって、家族に心をズタズタにされたのに、結局はロイドのことを考えてしまっている。

(……誰よりも、私が大切にしたいと思う人。ああ、分かった。これが、恋なんだ。私、いつの間にかロイド様のことが、好きになってたんだ——)

家族に裏切られた最中に気持ちを自覚するなんて、我ながら間が悪いのでは？　と思わずにはいられなかった。

けれど、この気持ちに嘘はない。恋心を自覚したメロリーは憑《つ》き物が取れたように顔を上げ、ラリアを見つめた。

「さあ、お姉様！　ペンを握って、早く署名を――」

「ラリア」

強引に羽根ペンを摑ませようとするラリアの手を、空いている方の手で制する。

メロリーが拒絶するとは思わなかったのだろう。ラリアは親の仇《かたき》を見るような目で睨みつけ、ギリギリという音が聞こえるほどに歯ぎしりをしていた。

「それに、お父様、お母様」

ラリアにやっていた視線を、今度は両親に向ける。

落ち着いたメロリーの声に、三人は訝しげな表情を見せたが、それは一瞬だった。

「お断りします。私は署名したくありません」

「「「は……!?」」」

少し渋ることはあっても、絶対に拒否はしないだろう。

そう考えていた三人は、メロリーの口から出たはっきりとした拒否に、これでもかとばかりに目を見開いた。

だらしなく口もぽかんと開き、その顔はかなりマヌケだ。

「薬の利益は、絶対にお父様たちには渡しません。これは……カインバーク辺境伯家のものです」

誠心誠意仕えてくれるルルーシュの、ロイドを支えながらメロリーにも気を遣ってくれるアクシスの、心の底から薬を喜んでくれる屋敷の使用人たちの……。

そして、多くの人たちの役に立てるきっかけをくれたロイドのものなのだから。

「っ、生意気な……！」

父の額にピキピキと青筋が浮かんだ。

ここまで怒っている父を見るのは初めてだけれど、メロリーは自分の発言に一切後悔はなかった。

「貴女、もしかしてあの変態辺境伯に脅されてるの⁉　辺境伯家も薬の儲けが欲しいから、絶対に実家には渡すなって言われてるんでしょう⁉」

メロリーの拒否を信じられない母は困惑しながら、そう口にした。

続いて、ラリアは何かを思い出したようにスラスラと話し始める。

「絶対そうだわ！　それにほら、最近耳にしたんだけど、あの変態辺境伯には冷酷って噂もあるみたい！　きっとお姉様は酷い拷問を受けて、正常な判断ができないのよ！　ああ、なんて可哀想なお姉様……！」

「そういうことか！　メロリー、そんな最低な男の言うことなんて聞かなくていい！　お前は、私たちの娘なんだから」

「そうよ、メロリー。家族のことを信じなさい？」

これまで向けられたことがないような穏やかな声。貼り付けたような満面の笑み。

——まるで、幸せな家族みたい。

その家族の一員に、自分もなれたみたいだ。

きっと、ロイドと会う前ならば、ころっと懐柔されていただろう。

（でも、今は……）

メロリーはスッと立ち上がり、家族たちを見下ろす。

零れそうになる涙を、必死に堪えた。

「勝手なことを、言わないでください……！」

「「「え……？」」」

けれど、その瞬間、涙が一粒だけメロリーの頬をつぅ……と伝う。

家族の裏切りを知って絶望した時は我慢できたのに、好きな人が悪く言われるのは、耐えられなかった。

「ロイド様のことを何も知らないのに、あの人を悪く言わないでください……！　貴方たちと違って、ロイド様は私から何も搾取したりしない……！　誰よりも優しくて、素敵な人なんだから……っ」

溢れた涙が、ポタポタと床を濡らす。

突然大声を上げたからか、呼吸が乱れて肩が上下する。

そんな中、父が思い切りローテーブルを叩き、ドン！　という鈍い音が響いた。

「下手《したて》に出てやれば調子に乗りおって……！　辺境伯のもとにやったのは失敗だったな！」

メロリーが恐怖で顔を歪めれば、ラリアは「あっ」と何かを思いついたように手を叩いた。

「ねぇお父様、それならメロリーお姉様と辺境伯の婚約を白紙にしてしまいましょうよ！　魔女のお姉様との婚約なんて、今頃向こうだって後悔しているはずだわ。我が家にいた頃からお姉様は調合ができたんだから、あの離れでずっと薬を作らせたらいいわよね！　名案でしょう？」

「何を、言って……」

それを聞いてカタカタと体が震える。

そんなメロリーを見て、父がニヤリと口角を上げた。

（嫌……）

確かにメロリーは、家族の役に立ちたい、認めてほしいと思っていた。けれど、それはこんな形でじゃない。

家族のための傀儡《くぐつ》になるなんて、ロイドや屋敷の皆と別れて一人ぼっちの実家の離れに戻るなんて、絶対に嫌だった。

メロリーがその思いを口にしようとすれば、かぶせるように母が「ふふっ」と嬉しそうに笑った。

「ラリアったら、天才だわ！　メロリーも、さすがに一人ぼっちに戻れば、こんなふうに我儘を言わなくなるわね」

「さすがラリアだな！　そうしよう！」

「それじゃあまずは、お姉様を離れに運んでしまいましょう！　書類関係は後でどうとでもなるもの！」

――このままじゃあ、まずい。

メロリーの中で、警鐘が鳴り響いた。

「っ、いや……っ‼」

お金のために、事故に遭ったと嘘をつくような人たちだ。

すぐに逃げなければと、メロリーは扉へと向かう。

けれど、先回りしたラリアにひょいと足を引っ掛けられてしまい、勢いよく転倒してしまう。

「手間を掛けさせるな」

「いっ」

床に体を投げ出したまま扉に向かって手を伸ばせば、父に手を踏まれた。

母が笑いながら「調合に必要なんだから、手はダメよ～」などと言うと父は足を離し、同時にラリアがメロリーの腰辺りを椅子代わりにして座った。

「お姉様、もう諦めたら？」

「……っ」

必死の抵抗でメロリーが足をばたつかせると、テーブルの足に当たった。ガタンと音を立てた瞬間、羽根ペンとともに用意されていた黒いインクが落ち、派手に絨毯を汚す。

じわり、じわり、黒に染まっていく。それは自分の未来を暗示しているかに見えた。

メロリーの目からは再びポタポタと涙が零れ、視界が歪んだ。

「ロイド様ぁ……！」

愛おしい人の名前を呼んだ、その瞬間だった。

目の前の扉がガタンと大きな音を立てたと思ったら、開いた扉の先に一人の人物がいた。

メロリーは倒れたままで、ゆっくりと顔を上げる。

漆黒の髪に、青い瞳、黒い軍服。

よく見慣れたその人は、肩を大きく上下させながら、彼女の名を呼んだ。

「メロリー……‼」

「ロイド様……？」

（どうしてここにロイド様がいるの……？）

そんな疑問を持ったのは、メロリーだけではなかった。

「ロイドだと⁉　まさか、カインバーク辺境伯か⁉」

「何故ここにいますの⁉」

「不法侵入よ！　出ていきなさいよ！」

「……黙れ、下衆《げす》ども。貴様ら、メロリーを泣かせやがって――」

ロイドの地を這《は》うような低い声が部屋に響く。

（こんなに怒っているロイド様……初めて見る）

眉間に深く皺が刻まれ、眉を吊り上げた表情に、怒りが滲んだ声。

ロイドのことをよく知るメロリーでさえ一瞬胸がざわつくくらいには恐ろしく感じられた。

「メロリーから退け」

ロイドは急ぎメロリーに駆け寄ると、彼女の腰に乗っているラリアを突き飛ばした。

「ぎゃあっ‼」

天使などとはほど遠い汚い声でラリアは床に倒れ込む。

倒れた場所には先程テーブルから落ちたインクがびっしりと零れており、ラリアのお気に入りのドレスが醜く染まった。

「最悪！　私のドレスが……！」

「メロリー……！　大丈夫か、怪我は……っ」

ラリアが汚れたドレスにショックを受けている一方で、ロイドはメロリーの上半身を優しく起こし、彼女の頬に伝う涙をそっと拭う。

それから、メロリーの手をそっと摑んで立ち上がらせた。

「……っ」

その際、ロイドに手を握られたメロリーは、一瞬顔を歪めた。ロイドの触れ方はとても優しかったけれど、先程父に踏まれた手が痛んだのだ。

ロイドに余計な心配をかけたくないとすぐに表情を切り替えたが、ロイドがメロリーの変化を見逃すはずはなかった。

「手を怪我しているのか……？」

「…………」

実の父親にわざと手を踏まれたと口に出すのは何だか情けなくて、恥ずかしくて……。

メロリーが口をきゅっと引き結び、何も言わないでいると、ロイドはラリアと彼女に寄り添っている両親を横目に睨み付けた。

「いや、言わなくてもいい。分かった。あいつらにやられたんだな」

「「ヒィ……！」」

ついさっきまでドレスに意識を奪われていたラリアも、さすがにロイドの睨みにはかなりの恐怖を覚えたらしい。

「やっぱり冷酷って噂は本当だったのね！」と言いながら、両親と共に肩をビクビクと震わせている。

そのまま両親は腰が抜けたのか、二人揃ってぺたんと床に座り込んだ。

ロイドはしばらくメロリーの家族たちに睨みを利かせてから、再び彼女へと視線を戻す。

「手以外に怪我はないか？　頼むから、隠さないでくれ」

「は、はい。ロイド様が来てくださったおかげで、大丈夫です。ありがとうございます」

「……礼なんて言わないでくれ」

眉尻を下げ、ロイドは首を横に振る。罪悪感を浮かべた表情のロイドは、そのままメロリーを力強く抱き締めた。

「助けるのが遅くなってすまない……っ」

「っ、ロイド様こそ、謝らないでください……！　心配をかけて、ごめんなさい」

太くて、力強いロイドの手が背中に回る。服の上からでも、彼の手が震えているのが分かる。

きっと、怒りと安堵でぐちゃぐちゃになった感情が、身体に現れているのだろう。

メロリーもそっとロイドの背中に手を伸ばし、優しく彼の背中を叩いた。

とんとん、とんとん。

昔、泣いているメロリーを乳母が慰めてくれた時のことを思い出して真似れば、ロイドは少ししてから腕を緩め、顔を見せてくれた。

「助けに来たのに、私が慰められているわけにはいかないな」

そう話すロイドは、先程までよりも幾分か表情が和らいでいた。相変わらず声が低いままなのは気がかりだったが、今はそれよりも重要なことがある。

「あの、どうして今日来てくださったんですか？」

「昨日、陛下への謁見を終えて屋敷に戻った際、アクシスがすぐにメロリーが実家に戻ったことを知らせてくれてな」

突然のことに混乱するロイドに対して、アクシスは実家から届いたメロリー宛ての手紙を渡したそうだ。これを読んだ方が話は早いから、と。

そして、メロリーが妹の怪我を理由に実家に呼び戻されたことを知ったロイドは、事前にメロリーの家族について調べていたこともあって、何か裏があるのではと急ぎシュテルダム伯爵領へと馬を走らせたらしい。

「そうだったのですね……。けれど、昨日屋敷に到着したのに、どうしてもうここに？　いくらロイド様でも、到着が早すぎでは……？」

「それは、メロリーとアクシスのおかげだ」

「え？」

「まず、アクシスは私がすぐにメロリーのもとに向かうと読んで、事前に替えの馬を用意してくれていた。それと――これだ」

ロイドは懐から空になった小瓶を取り出し、メロリーに見せた。

それは、メロリーがいつも調合した薬を入れる瓶だ。

「勝手に飲むのは悪いと思ったが、緊急事態のため使わせてもらった。これはメロリーが過去に作った、『眉間の皺がものすごく深くなるが、夜目が利く薬』だ」

「！」

ロイド曰く、辺境伯から伯爵領までの間には、馬車では通れないような舗装されていない道があるらしい。

その道を馬で駆ければかなりの時間短縮が図れるとのことだ。

しかし舗装されていないことに加えて、夜という時間帯では危険も多い。そこでメロリーが作った薬を飲んで夜目を利くようにしたことで最短ルートでここに来られたそうだ。

（なるほど……。いつもよりロイド様の眉間の皺が深かったのはそういうことなのね）

だからこそ、ロイドの表情がより一層恐ろしく見えたのかもしれない。

ましてや怒りの矛先だった家族は、さぞ恐ろしかったことだろう。

「メロリー、状況は呑み込めたか？」

「はっ、はい！　ありがとうございます」

「それじゃあ、次は――」

再度、眉間に皺を寄せ、眉を吊り上げたロイドが家族へと視線を移す。

メロリーを自身の背中に隠しながら、ロイドはしゃがみ込む三人に対して、戦場でも滅多に見せないほどの憤激の色を漲《みなぎ》らせていた。

「さて、一応聞こうか？　私の婚約者の怪我と、泣いていた理由を」

未だロイドに威圧されているのだろう。完全に萎縮《いしゅく》していた三人だったが、代表して父が答えた。

「あっ、あっ、そっ、そそそ、それは、ですね……。その、よくある、親子喧嘩《おやこげんか》、という、やつで……。辺境伯様が、気にするような、ことでは」

「……ほう。よくある親子喧嘩。娘が大怪我をしたと嘘をついて呼び出し、こんな書類まで用意しておいてか？」

ロイドはローテーブルにぽつんと置かれていた書類を手に取ると、メロリーの家族に見せつけるようにゆらゆらと揺らす。

目につくところに書類を置いたままだったことを失念していた父たちは、「あっ……」とか細い声を漏らした。

「金にがめついお前たちのことだ。どうせメロリーが作った薬で得た儲けを自らのものにしたかったんだろう？」

「「「………」」」

家族たちはギクリと肩を鳴らす。

ロイドはため息を漏らし、急いで来たせいで乱れた前髪を、空いている方の手でかきあげた。

「金に関わることは先に手を打っておいたというのに、まさかここまでするとはな。お前たちの醜さは私の想像をはるかに超えるようだ」

「お、恐れながら辺境伯様！」

今度は母が怯えながらも抗議の声を上げた。

「メロリーは私たちの娘！　そのメロリーが作った薬で儲けたお金を実家に入れるよう手を回すことの、何がそんなにいけませんか⁉　不吉の象徴の魔女であるこんな子を、これまで私たちが育ててあげたんですのよ⁉　少しくらい見返りがあったっていいじゃありませんの！」

「……っ、育てたって、何ですか、それ……」

メロリーはポツリと呟いた。

――確かに、離れを与えられた。最低限、生きていける分の食事も、ラリアの引き立て役としてのズタボロのドレスも、調合の器具も家族が与えてくれたものだ。

（でもそれは、全部自分たちのためだったじゃない……！）

白い髪も、赤い瞳も受け入れてくれなかった。

一度だって抱き締められたことなんてない。一緒に食事をとったことも、団欒に交ぜてもらったこともない。

求められるような薬を作れなかった時、家族は完全にメロリーを見限っていたのに……。

「私は、貴方たちに育ててもらってなんかいない……っ」

誰かに対してここまで強い言葉を吐くのは、人生で初めてかもしれない。けれど、メロリーは抑えきれなかったのだ。

「っ、なんて酷いことを言うんだ、メロリー！」

「そうよ！　そうよ！　お姉様、最低だわ！」

「どちらが最低ですか！　嘘をついて私をここに呼び出し書類にサインさせようとした上に、私が思い通りにならないと、ロイド様との婚約を白紙にして、また私を離れに住まわせるとまで言っておいて……！」

「――は？」

ハァハァと呼吸が乱れる中で、メロリーの耳に届いたロイドの冷たい声。

そういえば、メロリーがこの場に来た経緯や怪我をしたことはロイドも把握していたが、ここでの会話については話せていなかった。

そのことにすぐ気付いたメロリーが、ロイドの顔を覗き込もうとした瞬間だった。

「「ヒィィィ……‼」」

先程よりも輪をかけて悲痛な悲鳴を上げる家族に対して、ロイドはそれを口にした。

「――お前たち、死ぬか？」

脅しのために言っているような声色ではない。

あまりに自然に、あまりに淡々と投げかけられた言葉は、表情も相まって、怒気を滲ませていた先程までの声よりも恐ろしかった。

「いやぁぁ‼」

死がすぐそこに迫っているかもしれないという状況に気付いたのだろう。

ラリアは両親に縋るように抱き着きながら、顔を真っ青にしている。

メロリーは、可哀想だとは思わなかった。

もちろん、ロイドに手を汚させるつもりはない。

いざとなったら止めに入るつもりでもいるが、先程三人はロイドのことをよく知りもしないで悪く言ったのだ。ならば、当然の報いだとさえ感じていた。

ロイドは怯える家族たちに数歩近付き見下ろしながら宣告した。

「覚悟はできているんだろう？　私の愛する人を、お前たちは傷付けたのだから」

「え……」

――今、何て言った？

聞き間違いじゃなければ、ロイドはメロリーのことを愛する人と表現した。そんな言い方、誰にでもするものじゃない。

（でも、ロイド様が私を婚約者に選んだのは、魔女の秘薬に惹かれたから……。そのはず、よね？）

もう感情がぐちゃぐちゃで、上手く頭が働かない。ただ、ロイドの『愛する人』という言葉が脳内で繰り返される。

頬が熱くて、胸が苦しい。

動揺を隠せずにいたメロリーだったが、ラリアを守るようにして突然立ち上がる父を見て、目の前の状況に意識を戻した。

「確かに、私たちはメロリーに非道な行いをしたのかもしれません！　だが、貴殿はただの婚約者で、私たちは家族だ！　これは家族の問題なんだ！　貴殿こそ余計な口出しをするのはやめてくれないか！」

ゼェゼェと、父が呼吸を荒くするのに対して、ロイドは表情をピクリとも変えない。

メロリーが数歩前にいるロイドに近付くと、彼は一度振り返り「心配いらない」と言って微笑んでから、家族の方へ視線を戻した。

「家族の問題では済まないんだよ、伯爵。今はまだ公表されていないが——メロリーは既に国付きの魔女として認められている」

「「「!?」」」

「国付きの魔女……!?　私が……!?」

自分のことだというのに、初耳だ。一生自分には縁がないだろうと思っていた国付きという言葉に、家族同様メロリーも目を丸くした。

「突然で驚かせてすまない、メロリー。この前メロリーが作ってくれた薬を陛下が飲んだところ、すぐに配下の者たちと会議を開いてくれてな。メロリーを国付き魔女として認めることが決まったんだ」

——国付きとは、その分野で最も功績を残した、また現在進行形で国に貢献していると認められた者のみが与えられる称号だ。

国付きの騎士や、国付きの医者などが、最たる例だ。

大変名誉なことは言わずもがなだが、この称号を得た者たちは、元々の身分に関係なく、皆、準王族程度の地位も与えられる。

国からの報奨金や、その分野において必要とされるものの援助をはじめとする体制も抜かりない。

このことは国民全員が当然教えられていることであり、まともな教育を受けてこなかったメロリーでさえ知っていることだった。

「そんな……まさか私に、国付きの称号が与えられるなんて……にわかには信じられません」

確かに、メロリーはこの国唯一の魔女だ。騎士や医者と違って一人しかいないのだから、希少性は高い。

しかし、それを補って余りあるほどの悪評を携えていたはず。

ロイドのことを疑うわけではないが、おいそれと信じられるものではなかった。

「メロリーがそう思うのは無理もない。だが、陛下はもちろん、配下の者たちの中には既にメロリーの薬を試した者、身内や知り合いが試したという者が多くいた。全員、メロリーの薬の効果に驚き、感謝していたそうだ」

「……っ」

「これまでメロリーは調合を愛し、誰かの役に立ちたいと思い続けてきた。──私は、至極当然の結果だと思う」

涙腺が緩みっぱなしなのか、また視界が歪みそうになる。

メロリーが涙を堪えていると、ロイドはふっと微笑んだ。

「前にも言っただろう？　幸せの涙は、我慢しなくていい」

「ロイド様……」

「――信じられないわ‼」

メロリーの頬にそっと手を伸ばそうとしたロイドの手は、ラリアの甲高い声によってピタリと止まる。

ロイドが鬱陶しいと言わんばかりの顔でラリアを睨み付ければ、彼女はふーふー！　と鼻息を荒くしていた。

「お姉様なんかが……この出来損ないが国付きの魔女ですって⁉　そんなのあり得ない！」

「そ、そうだ！　こいつが作れる薬なんて大したことないじゃないか！　我々を脅かそうとそんな嘘をつくのはやめてくれないか⁉」

「そうよ！　国付きだって言えば私たちが黙ると思ったら大間違いよ！」

家族たちから集まる非難に、メロリーは言い返せなかった。

――家族が求めるような薬を作れなかった。その幼少期の記憶が、気持ちが、未だに深く心に根を張っていたから。

「……ここまできてもなお、お前たちは自分の前提が間違っていることに、まだ気付かないのか？」

「前提……だと？」

ロイドは一度ため息をつくと、淡々と語り始める。

「そもそも、『不老不死の薬』や『惚れ薬』なんてものを魔女が作れたなら、人間はどんな手を使ってでも魔女を絶滅させないように動くだろう。少し考えれば分かることだ」

「「「あ……」」」

「それなのにお前たちは、先人たちが残した文献に踊らされて、そんな神の御業とも言える薬の存在を信じ、メロリーが作る薬を役立たずだと決め付けた。……愚かを通り越して、哀れだな」

ロイドの話を聞いただけで、これまで心に張っていた黒いもやもやとした根が、一瞬にしてなくなるのをメロリーは感じた。

一方で、ロイドの話がよほど衝撃だったのか、三人は黙りこくった。虚《うつ》ろな目をしていて、先程までの剣幕が嘘のようだ。

「……さて、お前たちが状況を全て理解したところでもう遅い。国付き魔女への暴力、監禁未遂は重罪だ。後で役人をこちらに寄越すから覚悟しておけ。……少しでも長く生きていたければ、逃げようなどと考えないことだ」

今日は色々なことが起こりすぎた。情報が過多で、やはり冷静な思考に切り替えるのは難しいけれど、メロリーは本能的に理解していた。

もう二度と、家族に会うことはないのだろうと。

「お父様、お母様、ラリア」

メロリーはロイドの隣に並び、家族に呼びかける。

これから家族の身に起こるだろう罰に対して、同情はない。

子として、姉として、最後にかけたい言葉さえ出てこないくらい、関係は希薄だったのかもしれない。

けれど、これだけは伝えなければと思った。

「今までお世話になりました。私はこの家に帰りませんし、もう私が戻るべき家はここではありません。……さようなら、お元気で」

メロリーはそう伝えると、ロイドとともに部屋を出た。

指先が冷えたメロリーの手をギュッと握り締めたロイドの手は、お陽様のように温かかった。

第十章

その後、メロリーとロイドは、騒ぎを聞きながらも使用人に足止めされていたルルーシュと合流した。

ルルーシュはこの場にロイドがいることにそれほど驚いておらず、それよりも目を腫《は》らしたメロリーを見て、側を離れたことを謝罪した。

そう指示したのはメロリーなのだからルルーシュが気に病むことはないのだが、彼女は優しく責任感が強いから気にしてしまうのだろう。

メロリーはルルーシュを強く抱き締め、何度も何度も大丈夫だと声をかけた。

ルルーシュが落ち着きを取り戻してから、三人で屋敷の外に出る。

待機していた馬車と、ロイドが連れてきた馬を交互に見たルルーシュは、ハッとした様子で馬へと近付いた。

「旦那様、帰りはこちらの馬に乗っても？」

「構わないが、お前乗馬もできるのか？」

「問題ございません。お二人は馬車でごゆるりと屋敷までお帰りくださいませ。では」

「ちょ、ルルーシュ!?」

ルルーシュは軽く挨拶をすると、身軽な様子で馬に乗り、闇夜を駆けていった。

「……ルルーシュって、できないことあるんでしょうか？」

「あるだろう……多分。とにかく、私たちは馬車で帰ろうか。手をどうぞ、メロリー」

「ありがとうございます！」

手を借りて、メロリーは馬車に乗り込むと、ロイドが自然と隣に腰を下ろす。

肩がくっつくほどの近さにドキドキしていると、辺境伯領に向けて馬車が動き始めた。

「メロリー、怪我は大丈夫か？」

「はい。少し痛むだけですから、屋敷に戻ったら前に作った薬を飲めば……って、あ」

そこでメロリーは、ラリアのためにと作った薬を伯爵邸に置いてきてしまったことを思い出した。

（ラリアが今の状態であの薬を飲んでしまわないか、心配だなぁ）

あの薬は効果こそ絶大だが、体のダメージがあまりない状態で飲むと、逆に疲労感に襲われてしまうからだ。

過剰に身体の機能が活性化することでそういった副作用が出るのでは、とメロリーは推察している。

（でも、ラリアはこと美容に関してだけは博識だったのよね……。身体の機能の活性化が肌荒れや髪の傷みの改善にも関係することを知っていたら……もしかしたら——）

ラリアは自らを美しく見せるためなら、人を騙《だま》すことも厭《いと》わない性格だ。

そして、社交界で誰よりも目立ち、チヤホヤされたいという願望の強さは天井知らず。ロイドにあれだけ言われたのだから大丈夫だとは思うが、やけを起こして薬を飲んでしまう可能性はないとは言い切れない。

（……まあ、心配いらないか。私の作った薬をラリアが好んで飲むはずないし、薬と一緒に効果と副作用が書かれた紙も入れておいたしね。それに、たとえ飲んでしまっても一本だけなら疲労感を覚える程度だもの。薬を一度に大量摂取するなんて愚かなことはさすがにしないでしょうし、大丈夫よね）

どうかしたのか？　と心配してくれるロイドの眉間の皺は、薬の効果が残っているため未だ深い。しかし、誰よりもロイドを信じるメロリーにとって怖いものではなかったため、笑顔で首を横に振ってから、頭を下げる。

そうして改めて助けに来てくれたことの礼を言えば、ロイドは顔を上げたメロリーの頬にそっと手を伸ばした。

「さっきも言ったが、むしろ遅くなってすまなかった。それに、愛する人が危険な目に遭うかもしれなかったんだ。迎えに行くのは当然だろう？」

「……っ」

まただ。愛する人なんて期待してしまうようなことを言われると、どう反応したらいいか分からなくなる。

息を呑むメロリーを見て、未だに緊張状態にあるのかと思ったロイドは、ゆるりと眉尻を下げ、心配を滲ませた眼差しを向けた。

「大丈夫か……？　家族に裏切られたのは、辛かっただろう？」

「それは……もちろん、辛かったし、悲しかったです。でも……それは、わりと大丈夫で」

家族には言いたいことを言えたおかげか、自分なりに吹っ切れたように思う。

だから、ロイドが心配するほどメロリーの頭も心も家族のことでいっぱいになってはいなかった。

むしろ、メロリーの意識を占領しているのは婚約者――情熱的な言葉でこちらの心を乱してくる、ロイドだった。

「一つ、お聞きしてもいいですか？」

「もちろんだ。何でも聞いてくれ」

ロイドはメロリーの頬から手を離し、聞く態勢を整えた。

外に漏れ出ているのではと不安になるほど大きな自分の心拍音に、メロリーの緊張感は増す。

けれど、気持ちに気付いてしまった今、これを有耶無耶《うやむや》にはできないからと、意を決して言葉を続けた。

「どうして、愛する人なんて言うんですか……？」

「？　どういう意味だ？」

「ロイド様は、私が作る魔女の秘薬に惹かれたから、婚約を申し込んでくれたんですよね？　それなのに愛する人なんて言われたら、勘違い……してしまいます……」

メロリーはたまらず俯く。

鏡を見なくとも分かるくらいに赤くなった頬。全身が茹《ゆ》だるように熱く、手のひらにはじんわりと汗が滲んだ。

——恥ずかしさ、緊張、恐怖。

それらに苛《さいな》まれ、ロイドの顔を見られないでいると、次の瞬間には彼のゴツゴツとした大きな手に顎を掬《すく》われ、半ば無理矢理目を合わされていた。

「メロリーは、ずっとそんなふうに誤解していたのか？」

目を丸くしてそう問いかけてくるロイドに、メロリーの口からは上擦った声が漏れた。

「ご、かい……？」

「そうだ。もちろん、メロリーが作る薬を素晴らしいと思っているのは本当だ。だが、私はメロリーの作る薬に惹かれたから婚約を申し込んだんじゃない」

こんな至近距離で見つめられて、とんでもなく恥ずかしい。

それなのにメロリーは、ロイドの真剣な瞳から目を離せなかった。

「苦しんでいる人に当然のように手を差し伸べるところや、キラキラとした目で薬について語るところ、思いやりの深いところとか、天使のように優しいところとか……」

「っ、もう分かりました！　分かりましたから、やめてください！」

これ以上聞いたら頭が沸騰してしまいそうだ。

ロイドのせいで顔を自由に動かせない代わりに、メロリーは勢い良く自身の手で両耳を塞《ふさ》ぐ。

しかし、ロイドはすぐさまメロリーの顎から手を離すと、両手で耳を覆い隠す彼女の手を引きはがした。そして、ぐいと顔を近付ける。

「だめだ。……本当はこれを話すつもりはなかったが——万が一にも、二度と勘違いさせたくないから、ちゃんと聞いてくれ」

「……っ、わっ、分かりました！　聞きますから、手も顔も離してください……！」

「恥ずかしがっているメロリーがあまりに可愛いからもう少しこのままでいたいが……分かった。少し長くなるかもしれないが、最後まで聞いてほしい」

コクコクと必死に頷くと、ロイドはメロリーの手首から手を離し、柔らかな笑みを浮かべる。

そして、彼女から顔を遠ざけたロイドは、視線を横にずらしたまま話し始めた。

「——あれは、約十年前のことだ」


当時、ロイドは十一歳だった。

昔からあまり体の強くなかった父のため、争いが頻繁に起こる辺境伯領から離れた別荘地に療養に来ていた。

場所は、シュテルダム伯爵領のすぐ隣にある、ロイドの祖父が所有していた領地。

近くには小川があり、少し馬を走らせると緑豊かな森もある地に建てられた別荘で、父と母とロイド、数名の使用人と護衛とでしばらく生活していた。

「だが、療養虚しく、父の病状は悪化し……他界した」

「そうだったのですね……」

ロイドはメロリーに気を遣わせないようにいつも通りの笑みを浮かべ、言葉を続けた。

「母は、体の弱い父を支えなければと、いつも毅然《きぜん》とした態度でいた。父が亡くなった時も、私の前では涙一つ見せないような、強い人だった。私はそんな母を支えたくて、強くなりたくて、辺境伯領に戻るまでの数日間、馬を走らせて森に行き、そこで剣の修業を始めたんだ。その森で、メロリー……君に出会ったんだよ」

「えっ」

メロリーは記憶を手繰り寄せるかのように一瞬考え、そしてハッとした。

「思い出しました……！　確か、魔女の秘薬が作れるようになってすぐの頃、屋敷の人たちにバレないように、離れからほど近い森へと薬草を摘みに行っていました。その時、一人の男の子と出会って……」

「ああ。それが私だ」

——木を敵と見立てて、剣で攻撃する。

無我夢中で稽古《けいこ》を繰り返していたロイドの前に現れたメロリーは、その様子を興味深そうに見つめてきた。

今思えば、離れに押しやられていたメロリーは乳母以外の人間が珍しかったのだろう。

しかし、ロイドは当時、父が亡くなったばかりだった。

将来、辺境伯位を継ぐためにも、気丈な振る舞いを見せる母を支えるためにも、早く強くならなければと余裕がなかったロイドは、ただただ見つめてくるメロリーに苛立ちのようなものを感じていた。

『……お前、さっきから何なんだよ。用があるなら言えよ』

『あっ、いや、その……』

素性も知らない相手に優しくする余裕もないロイドは、剣を振るう手を止め、鋭い眼差しを向けて高圧的に話しかけた。

これで立ち去るだろうと、そんなふうに考えていたのだ。

『手を怪我してるから、大丈夫かな、って』

『は？』

恐れることなく、むしろ話しかけられてチャンスだと言わんばかりにロイドに駆け寄ったメロリーは、彼の手を指さした。

ロイドはそんなメロリーを警戒したものの、自分よりも弱そうな少女に対して心配しすぎかと思い直し、言われた通り自分の掌を確認する。

すると、掌には血が滲んでいた。

いくつかあった血豆が破れてしまったのだろう。気付かないうちに、地面にもポタポタと血が垂れてしまっている。

『これくらい、問題ない』

『でも、痛そうだし……。あの、私調合が趣味で、薬を持っているんです！　使ってみませんか？』

メロリーはそう言って、肩がけのカバンから薄緑の液体が入った小瓶を差し出した。

『多分、見た目は治せないけど、痛みはかなり軽減できるお薬なんです！　良かったらどうぞ！』

『会ったばかりの奴が作った薬なんて飲めるか』

『確かに……。でも私、怪しい人物じゃありません……！　薬も危険じゃありません！　誓います！　それに、もしまだ剣を握るなら、少しでも痛みがない方がいいんじゃないかと思って……それで……でも、嫌なら……』

『うっ……』

しゅん……とするメロリーに、ロイドは少しばかり心が痛んだ。

こんな森に少女が一人でいるのは不思議だが、確かに悪意は感じられない。それに、怪我を自覚すると痛みは増す一方だ。

早く強くならなきゃと焦っていたロイドには、メロリーの話にも一理あるように思えた。

『分かった。飲む』

『本当ですか!?　はい！　どうぞ！』

ロイドはメロリーから小瓶を受け取ると、蓋《ふた》を開けて中の液体を喉に流し込んだ。

『……あ！　そういえば、その薬には副作用があって――』

メロリーは急いでそう口にするが、時既に遅し。

薬を全て飲み干したロイドは、掌の痛みが引いていくのと同時に、目頭がツンとなるような感覚を覚えた。

そして次の瞬間には、留まることのない大粒の涙が溢れ出していた。

『な、何だ……これ……』

『ごめんなさい！　その薬には、痛みを軽減させる代わりに、少し涙が出てしまう副作用があって……。でも、前に私が試した時は、目に涙が滲むくらいだったんですけど……』

『……っ、おかしいだろ、何で止まらないんだよ……っ』

メロリーはきっと、心底不思議そうな顔をしていたのだろう。けれど、その時のロイドは拭《ぬぐ》っても拭っても溢れてくる涙のせいで視界がぼやけてしまい、それを見ることは叶わなかった。

『大丈夫ですか……？　もしかして、何か悲しいことが……？』

（悲しいこと？）

メロリーにそう問われた瞬間、ロイドはずっと秘めていた想いが込み上げてくるのを感じた。そして、何故ここまで涙が溢れてくるのか、理解することができた。

（――そうか。俺は、本当はこんなふうに泣きたかったんだ）

病弱だった父の死は、覚悟していた。

それでも、穏やかで優しい父のことが大好きだったロイドはその死が悲しく、次期辺境伯として、まだまだ色々なことを教えてほしかったという思いもあった。

けれど、父が死んでも、十数年共に連れ添った母は涙を見せなかった。

本当は悲しいはずなのに、泣き叫びたいはずなのに、辺境伯の妻として、次期辺境伯の母として、毅然とあろうとしていた。

そんな母のことは立派だと思う。これは本心だった。

けれどロイドは同時に、それなら自分も毅然としていなければならない、自分の方が強くなって母を支えなければと、父が亡くなったことに対する悲しみを、心の奥深くに閉じ込めたのだ。

だというのに、メロリーからもらった薬の副作用によって、涙腺の栓《せん》が開けば、奥底にしまっておいたはずの感情が、涙が溢れ出していた。

『うっ……』

嗚咽《おえつ》を漏らし、体を震わせながら泣きじゃくるロイドの背中を、メロリーが撫でた。

その優しい手つきは、生前の父によく似ている。

『……泣くのは何も悪いことじゃありません。私で良ければ、涙が止まるまで側にいますから』

『……っ』

その時、歪む視界で見えたメロリーの顔はとてもぼやけていたけれど、この世の何者よりも穏やかで、優しい表情をしているように見えた。


「――あの時のことがきっかけで、私はメロリーのことを好きになったんだ」

「……っ」

「私はメロリーが作る薬はもちろんだが、涙を肯定してくれるような優しい言葉に、そしてメロリーの存在に、救われたんだ」

ロイドは懐かしむように、そして愛おしそうに過去の出来事を話した。

完全に思い出したからか、また熱い告白に照れたのか、メロリーは頬を桃色に染めて狼狽《うろた》えてい

る。

「未だに信じられません……。あの時の男の子がロイド様だったなんて……」

「メロリーが覚えていなくても仕方がない。私は泣き顔を見られたことが恥ずかしくて、あのあと名乗りもせずに立ち去ったから」

ロイドはまたメロリーに会いたいと思ったが、当時はまだメロリーの存在は秘匿《ひとく》されていたため分からなかった。

更に、辺境伯領に戻ってからは目まぐるしい日々が待っていた。辺境伯位を継ぎ、領地のことを担うようになり、屋敷のことを統括してくれていた母も病で亡くなってしまった。

悲しみに暮れる時間もなく、剣技で頭角を現し始めたロイドは戦場の前線に出ることが多くなり、自由に使える時間がどんどんと少なくなっていった。

「本当はメロリーと再会した夜会で想いを伝えようかとも思ったが、先に大きな戦争があることは分かっていたから、言えなかった。生きて帰れる保証もなかったしな」

「ロイド様……」

「だが、無事に生きて帰ってこられた。だからメロリーに縁談を持ちかけて、一秒でも早く一緒にいたいから婚約者の段階で屋敷に来てもらった」

「も、もう分かりました。でも、どうして十年前に会っていることを話してくれなかったんですか……?」

メロリーの問いかけに、ロイドは恥ずかしさを隠すように前髪をくしゃりと乱す。そして、メロリーから目を逸らした。

「一つは、昔のこととはいえ、私が泣きじゃくった姿をメロリーに思い出してほしくなかったからだ。好きな女性には、格好いいところだけを見てほしかった。……それと、もう一つは——」

ロイドは逸らしていた視線を戻し、空のような青い瞳にメロリーを映した。

「当時メロリーは、両親が望むような薬を作れなかったことに悲しんでいた頃だろう。私の話をしたら、その時の悲しい記憶もまた鮮明に蘇《よみがえ》るんじゃないかと思って、言わないでいたんだ」

「ロイド様は、やっぱりお優しすぎます……」

これまで何度も、ロイドの優しい言葉に、笑顔に、行動に救われてきた。

けれどメロリーはこれまで、ロイドが大切にしてくれる理由を勘違いしていた。

無自覚でロイドへの恋心が芽生えてからは、切なくて胸がぎゅうっと締め付けられたこともあった。

(でも、違った。ロイド様は、私自身を愛してくれていたんだ)

愛おしげに細められた、吸い込まれそうな青い瞳。

メロリーはその目を見つめ返して、抑えきれない思いを告げようと決意した。

「ロイド様、好きです」

人生で初めての告白は、思いの外緊張しなかった。

ロイドの気持ちを既に聞いて安心していたからというだけではない。

自然と想いが、溢れたからだった。

「……っ」

「私は魔女で、調合くらいしかできることはないですけど、これからもずっと、大好きなロイド様と一緒にいたいです。お側にいても、良いですか……？」

ロイドは息を呑み、眉間に薄く皺を刻む。頬は赤くて、何かに耐えるような表情だ。

「あの……？」

返答がないことにメロリーは不安を覚えたが、それはすぐに解消された。

「そんなの……当たり前だ。私は、メロリーが欲しい。メロリーしかいらない。ずっと、私の側にいてほしい」

ガタンゴトンと揺れる馬車の中、ロイドに力強く抱き締められたメロリーは、彼の腕の中にすっぽりと収まった。

「メロリー、愛している」

自然とメロリーの耳はロイドの胸板に押し当てられる。

トクトクと、少しばかり速くて心地好い鼓動に、想いが通じ合えたことを改めて実感した。

「私も、愛しています。……ふふ、好きな人に抱き締めてもらうのって、こんなに幸せなものなんですね」

「っ、あまり可愛いことを言わないでくれ。メロリーに愛してるなんて言われて、今余裕がないんだ。……抑えが利かなくなる」

ロイドは抱き締める手を少し緩め、メロリーの顔を見ながらそう話す。例えるなら、大好物の餌《えさ》を目の前にして待てと言われている犬のような、物欲しげな顔をしている。

しかし、何故ロイドがそんな顔をしているのか分からないメロリーは、コテンと小首を傾げた。

「えっと、何を耐えていらっしゃるんでしょうか？　我慢は体に良くありません！　私にできることだったら何でもしますから、言ってください！」

「こら、メロリー！　何でもするなんて簡単に言ったらだめだ。私が悪い男だったらどうする⁉」

「？　ロイド様は悪い人ではありません。私の大好きな人です」

ロイドは「あ〜」と頼りない声を上げると、馬車の天井を仰《あお》いだ。

「メロリーが無自覚に私を煽《あお》ってくる……。どうする……。とりあえず、今すぐ馬車から飛び出すか？　だが、メロリーを心配させてしまうし、それでは急場しのぎにしかならないからな……。今後のために、メロリーのいかなる誘惑にも耐えられるような薬を作ってもらって……いや、それだけはメロリーでも作れないか……。何故ならメロリーの魅力はこの世を凌駕《りょうが》するほどで――」

「ちょ、ちょっと落ち着いてください！　あと、馬車を飛び出すのはやめてくださいね⁉」

もう、この人は何を言ってるんだろう。ロイドが何を言ってるかは半分くらいしか分からなかったが、危険な行為だけはやめてほしい。

メロリーが眉尻を下げたまま上目遣いで見つめると、ロイドは「うっ」と悶え始めた。

「あ〜」やら「うっ」やら、声にならない声をあげるロイドに、メロリーは少し心配になってくる。さっき、ラリアたちに見せた姿とはまるで別人みたいだが、同時に彼のそんなところもたまらなく愛おしく思えてきた。

「ふふ」

笑みを零せば、ロイドがゴクリと喉を鳴らした。呼吸を整え、何やら覚悟を決めたような顔を近付けてくる。

肌にかかるロイドの吐息は、酷く熱かった。

「本当に、何でもしてくれるのか？」

「はい、もちろんです！」

「……それなら、目を閉じてほしい」

「？　そんなことでいいんですか？」

それくらい朝飯前だ。

メロリーはすぐさま目を瞑り、ロイドの次の行動を待つ。だが彼は何するでもなく、ハァとため息をついた。

（どうして？　何かしたかな？）

不思議な思いを持ちつつも、メロリーが目を閉じたままでいると、ロイドの気配がより一層近くに来ていることに気付いた、そんな時だった——。

「メロリーはやっぱり、天使みたいな小悪魔だ」

「いえ、魔女——」

ふに、と少しカサついた柔らかな何かで塞がれた唇。

咄嗟に目を開ければ、ロイドがあまりの至近距離にいるので焦点が合わなかった。

ただぼんやりと、透き通るような青い瞳がこちらを射抜いていることだけは分かる。

ロイドの顔が徐々に離れ、視界に彼の顔が鮮明に映る中、メロリーは目を丸くしながら自分の唇を指で撫でた。

「い、今の……」

弱々しい声を出すメロリーに対して、ロイドはぺろりと舌なめずりをする。カサついていたそれに、その場しのぎの潤いが乗る。

「……我慢は体に良くないいんだろう？」

「っ、でも、そんな、いきなり、えっと」

メロリーは、口を両手で隠すように覆いながら視線を右往左往させる。

ロイドはそんなメロリーの手を取って小さくて赤い唇を曝《さら》け出し、少しだけ意地悪そうに微笑んだ。

「それなら、ちゃんと言う。メロリーを愛おしいと思う気持ちを抑えきれそうにない。キスをしたいから、目を瞑ってくれ」

「〰〰っ!?」

それからしばらく、メロリーはロイドの腕の中で彼に唇を奪われた。

否、唇だけではない。

頬も、鼻先も、顎も、耳も、何度も何度も柔らかなそれが降ってくる。

（今度は、唇が潤うような薬を作ろうかな）

そうしたら、何度唇を重ねてもロイドの負担にはならないはず。

メロリーはロイドの愛を全て受け入れながら、そんなことをおぼろげに思った。

◇　◇　◇

役人によって収容されてから早一週間が経つ。

――狭くて、寒い地下牢の中。

両親とは別の牢屋に入れられたため、現在ラリアは一人でそこにいた。

「美しい私に、私にこんな場所は相応《ふさわ》しくないのに……！」

どうして、こんな目に遭わなければいけないのだろう。

本当なら今頃、パーティーに参加して、貴族男性たちにちやほやされているはずだったのに。令嬢たちの、嫉妬と羨望《せんぼう》の眼差しを浴びているはずだったのに――。

それどころか、当たり前だったはずのふかふかのベッドも、お気に入りのアクセサリーも、数えきれないほどのドレスも、ここにはない。

あるのは、美しい自分だけ。

「ラリア・シュテルダム。食事の時間だ」

牢屋の小さな入り口から渡されたのは、ぼろぼろのトレーの上に載った食事だ。

具の入っていない冷めたスープに、乾燥してカチカチになった固いパン。スープに浸さなければ、食べられたものではない。

「むかつくわ……！　この私によくこんなものを……！」

収容されてしばらくは、泣き散らし、看守に文句を垂れ、奇声を発したりしていた。

けれど、何をしても看守の対応は変わらなかった。

何故なら、ラリアは今や国付きの魔女となったメロリーに暴行を働き、監禁未遂の罪も犯した重罪人。

看守から向けられるのは、軽蔑《けいべつ》するような——まるで、ごみを見るかのような視線と、どこかこちらを嘲る、そんな視線だけだ。

前者は、国付き魔女に害をなしたから。後者は、おそらく貴族令嬢が落ちるところまで落ちたことを馬鹿にしているからだろう。

何にせよ、プライドの高いラリアは、それに酷く苛立った。

だが、生きていれば腹が減る。今、ラリアが食べられるのは出された食事のみ……。

「チッ……メロリーめ……見てなさいよ。私がここから出たら、今度こそあんたを利用してやるんだから」

ラリアはそう文句を言いながら、トレーの上にあるスプーンを手に取る。

そして、曇ったスプーンにうっすら映る、自分の今の姿に絶叫した。

「いやぁぁぁぁぁぁぁぁ!!」

「何事だ……！」

地下に響き渡るほどの叫び声に、先程食事を運んだ以外の看守も集まってくる。

一人の看守はラリアの手元を見て、ハッと目を見開いた。

「おい！　今日飯を配ったのは誰だ⁉　あれほどこの女が自分の顔を確認できるようなものは牢内《ろうない》に入れるなと言っただろう⁉」

「す、すまない……！　すっかり忘れていて……」

それから、看守たちは牢内に入り、ラリアからスプーンを回収した。

次いで、鎮静作用の強い薬を無理やり飲ませると、ラリアは虚ろな目になり、やがてぱたんと床に倒れた。

「ふぅ、やっと寝たな。……まったく、この女の扱いには気を付けろよな？　手には手袋、髪は目で見えないように短く切って、足首や首なんかも自分では見えないように工夫してるんだから。毎回こうも叫ばれたらうるさくてたまらない」

「ああ、分かってる」

看守たちは床に倒れているラリアを迷惑そうに見下ろし、そして観察するようにまじまじと見つめた。

「それにしても、ほんとびっくりだよな。この女、少し前までは貴族の男たちからもて囃《はや》されてたんだろう？　確か、『麗しの天使』だっけか？」

「らしいな。……だが、今のこの女は、どこからどう見てもただの老婆だけどな」

皺くちゃのくすんだ肌に、頬には目立つシミ、そしてぱさぱさの髪の毛。

床に倒れている女は、誰がどう見ても十代の女性には見えなかった。

「役人が捕らえに行ったら、既にこの姿になっていたんだろう？」

「俺はそう聞いてる。この女の足元には大量の空になった小瓶があって、さっきみたいに叫んでたんだってよ」

「へぇ〜。何があったかは知らないが、天罰が下ったんじゃないか？」

「違いない。ま、自分の今の姿が受け入れられなくて、目を覚ますたびに自分が美しいままだって思いこんでいるところは、ちょっと同情するがな」

　看守たちが牢屋を後にする。

　その一方で、ラリアはあの事件のあとのこと——メロリーとロイドが立ち去ってからのことを夢に見ていた。

（そう……あの時の私は、あの女の薬を飲んでより美しくなろうと思ったの）

　メロリーが作った薬には、説明の手紙が添えられていた。

　——『全身の機能を活性化させる薬』は、健康な状態で飲むと疲労感を覚えるという副作用があること。そして、大量摂取は禁じること。

　それを読んだラリアは、神様が与えてくれたチャンスだと思った。

　身体の機能が活性化するということは、肌の張りや髪の潤いに繋がり、自分はもっと美しくなれる。今以上の美貌になれば、国王や王太子の目に留まって、罰を受けずに済むかもしれないと、そう考えたからだ。

（私は試しに、あの薬を一本飲んだ。そうしたら疲労感に襲われたけれど、少しだけ肌や髪の毛が綺麗になった気がして……。だから、もっとたくさん飲めばもっと綺麗になれると信じて、一気に大量に飲んだ……）

メロリーの手紙にあった大量摂取は禁じるという文言が引っ掛からなかったわけではない。

でも、あの時のラリアは、それを無視した。

私が今以上に美しくなることに醜く嫉妬しているんでしょう？　という、どうしても未だにメロリーを下に見たい気持ちと、美しさへの渇望に抗《あらが》えなかったから……。

（そして、薬を大量に飲んだ後は——）

そこから、ラリアの夢はぷつんと途切れた。

——美しい自分さえ、もういないこと。

ラリアは一生、それに気付くことはなかった。

◇　◇　◇

それから数ヶ月後。

ロイドとともに王都に来ていたメロリーは、まもなく着く目的地に心踊らせていた。

（本当に楽しみ！　皆さん、どんな反応なんだろう）

無意識に足早になるメロリーの姿を横目に、ロイドは嬉しそうに目尻を下げる。彼にしてみれば、繋いでいない方の彼女の手がるんるんと動いているのが、たまらなく可愛かった。

「メロリー、そんなに早く着きたいのなら、私が君を抱き上げて走ろうか？　そうすればお互いに嬉しいこと尽くしだと思うのだが……」

「お互いではなく、早く到着できる私が嬉しいだけでは？」

その返事に、ロイドは何を言っているんだ？　と言わんばかりに目を瞬かせた。

「合法的にメロリーとくっつける。周りにメロリーは私のものだと見せつけることができる。メロリーのいい香りを嗅ぐことができる。むしろ私の方が嬉しい点は多い」

「ううっ、匂いを嗅ぐのは、本当にやめてください……！　あと、婚約者なんだから、別にどれも問題ありません……」

恥ずかしそうに耳まで真っ赤にしながら、メロリーはロイドとは反対側の、通りに並んでいる店に目を向ける。完全に照れ隠しだ。

可愛いなぁ、とロイドが目をギンッと見開くと、近くを歩いている青年たちの話に意識が傾いた。

「なぁ、そういえば魔女様の両親と妹が、牢獄行きになったんだって？」

「そうらしいな。これまで魔女様のことを虐げてきた上に、監禁までしようとしたんだろ？　しかも妹の散財を補うために領民から過剰に税を徴収してたらしいぜ？　捕まって当然だろ」

ロイドはちらりとメロリーを見やる。

硝子《ガラス》越しに見えるワンピースを見ながら、「これルルーシュに似合いそうね」なんて呟いていることから察するに、どうやら聞こえていないらしい。

「しかもあれだろ？　魔女様の妹が牢屋に入ってから老婆みたいに老けたって」

「え？　俺は牢屋に入る前から老けてたって聞いたけど。少し前までは普通に若い見た目だったらしいんだけどさ」

「そうなのか？　ま、どっちにしろ、これまでの報いだよなぁ」

「ほんとにな」

その会話を最後に、青年たちは人混みに紛れていった。

「ロイド様……？　どうかしましたか？」

互いの好意を理解してからというもの、ロイドは以前に増して彼女に対し甘い言葉を吐いていた。

そんな彼が無言でいるのは珍しい。そう感じたメロリーが問いかければ、ロイドは爽やかな笑みを浮かべた。

「いや、何でもない。……あ、見えてきたよ、メロリー」

「えっ」

ロイドが指を差す先にある、真新しい建物。

白を基調とした清潔感のある色合いのそれは、王都に構える様々な店の中で人目につくような派手さはない。大きさもほどほど。

だが、その店の前では多くの人が列をなしている。

「本当に、夢みたいです。私の調合した薬が並ぶ薬屋さんができて、こんなにたくさんの人が利用してくださるなんて……！」

「嬉しそうなメロリーが可愛い……。が、メロリーの凄さを知っている私からすると、遅すぎると思っているくらいだ」

あの事件からすぐ、メロリーが国付きの魔女に認定されたことは、国中に知れ渡った。

国王主導のもと、新聞の一面にメロリーの記事が載ったのだ。彼女がこれまで作った薬の効果、人柄の良さ、薬を飲んだ人たちの体験談などが載ったその記事は、人々に衝撃を与えた。

しかし、以前から貴族の一部が、メロリーの作る薬やメロリー本人に対しての好意的な感想を話していたこと、その声が平民たちにもちらほらと伝わっていたこと、そして国王がメロリーの作る薬に太鼓判を押したことから、人々は魔女であるメロリーに対してのイメージを一変させた。

更に、記事を読んだ多くの人々から、メロリーの薬が欲しい、平民にも購入できるようにしてほしいという声が上がった。

その声は、自分が作る薬で多くの人の役に立ちたいというメロリーの考えと一致しており、国側と何度も何度も、様々な検討を重ねて今日に至る。


『国付き魔女の薬屋』


それが店の名前だ。

貴族も平民も分け隔てなく購入することができる。

格安であることに加え、国から派遣された優秀な係員が薬の効果や副作用について購入者に丁寧に説明してくれるところが、大人気たる所以である。

ちなみに、これらは全てメロリーが国に求めたことだ。安全に、そして多くの人々に薬が届いてほしいという、強い思いからだった。

「メロリー、店から出てくる皆の顔を見てごらん」

ロイドにそう言われ、メロリーは店から出てきたばかりの若い女性の顔を見る。

「お父さん、これを飲んだら肩こりが楽になるかな」

そう言いながら購入した薬を手に、満面の笑みを浮かべている女性の姿に、メロリーは胸がじんわりと温かくなる。

他にも、購入後すぐに薬を飲んで、足のむくみがなくなったと喜ぶ人や、視力が回復したと感動する人、足がとっても速くなったと興奮を抑えられない人などがいた。

若干毛深くなったり、鼻が痒くなったり、語尾にぴよが付くなどの副作用も受け入れてくれているようだ。

「ロイド様、私、調合を続けてきて良かったです」

「ああ」

「それに、魔女で……良かったです」

「ああ、そうだな」

「……あと、ロイド様と出会えて、良かったです」

薬屋から隣に立つロイドに視線を移せば、彼は一瞬泣きそうな顔をしてから、目元をくしゃりとさせて笑った。

「私もだよ、メロリー」

メロリーの作る薬は、人々の生活を豊かにし、笑顔にした。

それは近隣諸国にも伝わり、「よく効く薬らしいけれど、副作用で変な語尾になるんだろう？」なんて噂も広まったとか、いないとか。

番外編

「さてと、次は……」

国付き魔女になってから、早一ヶ月。

メロリーは多くの調合の依頼が舞い込んだことで多忙を極めており、月明かりの中でもこうして離れで調合に勤しんでいた。

体力的には大変だが、ルルーシュをはじめとする多くの使用人たちが手伝ってくれているし、相変わらず新薬の開発の際の毒見役はロイドが請け負ってくれている。

ロイドや屋敷の皆と過ごす時間はもちろん、自分が作った薬が誰かの役に立てる喜びを実感する日々は、幸せそのものだった。

「アーティーキョークにオシロバナ、ナカネにシナモプをすり潰して……それから……」

そんなメロリーは現在、一人で離れにいた。

ルルーシュは今日、休みを取っているのだ。

他の使用人たちは、メロリーの指示で下がらせた。

皆は「メロリー様のためならば！」と言ってくれるが、あまり頻繁に夜遅くまで付き合わせては、さすがに申し訳ない。

「ふふ、でもこうやって一人で調合する時間も、たまにはいいな」

いつもみたいに離れに皆で集まり、和気藹々《わきあいあい》と調合する時間も楽しいが、一人で調合に没頭する時間も、メロリーは嫌いじゃなかった。

この薬を飲んだ人は喜んでくれるだろうか。悩みが解消されたら、笑顔を向けてくれるだろうか。

ほんの少しでも、自分の作った薬が誰かを幸せにしてくれるだろうかと、じっくり考えられる時間でもあるから。

「よーし、かんせ……」

「メロリー、遅い時間までお疲れ様」

完成した魔女の秘薬を小瓶に入れて手に取ったところ、離れの扉が開いた。

入ってきたのは、軍服に身を包んだロイド——メロリーの愛おしい婚約者だ。

今朝、「今日はかなり仕事が立て込んでるんだから、離れに行くのは禁止ね！」とアクシスに念を押されているところを見ていたので、会えないと思っていた。

だからこそ、こうして会いに来てくれたロイドの姿に、メロリーは自然と頬が緩んだ。

「ロイド様！　お疲れ様です！　今日はもう会えないと思っていたので、お顔が見られてとっても嬉しいです……！」

「くっ……！　私に会えて笑顔になるメロリーが可愛すぎてどうにかなりそうだ……！　ここは天国か？　それとも楽園か？　いや、ここは現実……。そう、メロリーと私は、自他ともに認める両思い……」

思いが通じ合ってからというもの、メロリーが好意を示すと、ロイドはいつもこうやって両思いであることを口にしている。

アクシスやルルーシュ曰く、「未だに夢のようで信じられないんだと思いますよ」とのことだ。

ロイドに夢だなんて思わせてしまったのは、メロリーの勘違いによるところが大きい。

「ロイド様、そうですよ、これは現実です！」

「！」

そのことを理解していたメロリーは自分の気持ちを伝えるべく、小瓶を持ったままロイドにギュッと抱き着いた。

彼の分厚い胸板に顔を埋め、すりすりと頬擦りする。

石鹸《せっけん》の匂いだろうか、草木を連想させる爽やかな香りがメロリーの鼻腔を擽った。

「ロイド様、良い匂いです」

「あ……あ……」

「大好きです、ロイド様！」

顔を上げ、頭一つ分以上高いロイドの顔を見上げる。

端整で、涼しげなロイドの顔はぶわりと赤く染まっていた。

「〰〰っ、メロリー！　私も大好きだ！　いや、愛しているよ」

「はい、私もですロイド様……」

それから二人はしばらく抱き締め合った後、離れ難そうにしながらもロイドが腕を解いた。

そして、メロリーが握る小瓶へと視線を移す。

「それは?」

「ああ、これはですね、さっき出来上がった新薬なんです! 各々の薬草の効果から推測するに、おそらくまつ毛が長くなる効果があるのではと思うのですが……」

「それは凄いな。さすがメロリーだ。早速、メロリーが作った新薬を飲ませてもらってもいいか?」

ロイドならばそう言うと思っていた。

彼は、メロリーが作った新薬は絶対に自分が一番に飲むのだと豪語しているから。

「ただ、副作用についてはほとんど見当がついていなくて……それが少し心配で……」

「メロリーの作った薬なら人体に害のあるような副作用は起こらないだろう? それに明日は休みだからな。少しくらい個性的な副作用だったとしても全く問題ない。むしろ、メロリーの作った薬で起こることなら、どんなものでも私にとっては幸せだ」

「そ、そうですか?」

さすがにそれは言いすぎでは……?

そうメロリーは思ったものの、ロイドの瞳があまりに真剣だったので口を噤んだ。

「ではロイド様、よろしくお願いします」

「ああ、楽しみだ」

メロリーはロイドに薬の入った小瓶を手渡し、彼はそれを素早く口に含んだ。

ごくごくと全て飲み干したロイドの様子を、メロリーはじっくりと観察する。

「ロイド様の目……いつもと同じような?」

予想では、この新薬を飲めば一時的にまつ毛が長くなるはずだったのだが……。

「あの、どこかおかしいところはありませんか? 体の一部が痒いとか、くすぐったいとか」

「いや、特には。そういう感覚的なものはないな」

「声もいつも通りですし、パッと見たところ、お顔や髪の毛、体形にも変化はありませんね……。もしや、今回の調合は失敗……?」

これまでメロリーは、さまざまな薬を作ってきた。

もちろん、狙った効果が得られないことはあったが、こうして効果も副作用も見当たらない、何も起こらない失敗作を作ったことなどなかったというのに……。

「いや、そう決めつけるのはまだ早い。確かにこれまでメロリーが作った薬には即効性があったが、この薬はそうではないだけかもしれないだろう?」

落ち込み俯くメロリーの頭にロイドがポンと手を置けば、彼女はハッとして顔を上げた。

「た、確かに……!」

「とにかく今日は屋敷に戻って、食事にしよう。そのうち薬の効果が現れるかもしれないしな」

「そうですね! ありがとうございます、ロイド様!」

そうして、メロリーたちは屋敷に戻ると、今日あったことの話などを交えながら楽しく食事をとった。

◇　◇　◇

次の日。

主人の化粧や髪の毛のセットにいつもより気合を入れて挑むルルーシュに、メロリーは小さく微笑んだ。

「ルルーシュ、今日はいつにもまして凄いね」

「もちろんでございます。今日は旦那様がお休みの日ですから、メロリー様のとびきり美しい姿をお披露目しなければ」

「あはは……」

（そういえば、昨日は夕食中にも薬の効果が現れなかったけど、今もロイド様には何の変化もないのかな？　また後で聞いてみよう）

メロリーがそんなことを考えていると、慌ただしい足音と激しいノックの音が聞こえていた。

「メロリー様！　ロイドが……！」

「！」

扉の外から聞こえる声は、アクシスのもの。声の感じからして、ただ事ではないのは確かだ。

（もしかして、昨日の新薬の効果が現れたの？　でも、それだけならこんなにアクシス様が慌ててるはずないわよね……。ということはつまり、まつ毛が長くなる以外の効果が⁉　アクシス様がこ

れほど驚くようなものって一体……⁉）

メロリーは扉を開け、「とにかく来てください！」というアクシスの後ろをルルーシュとともについていく。

そして、ロイドの部屋に入ったのだが――。

「えっ」

メロリーから、上擦った声が漏れた。

ソファに座っているものの、床からかなり離れたところでぷらんぷらんと揺れる足。

ぶかぶかのシャツから覗く、メロリーの手でも包み込めてしまうほどの小さな手。

丸みを帯びた輪郭に、大きなサファイアのような瞳。くりんとした長いまつ毛が、とても印象的だ。

「メロリー！」

耳に心地好かった低い声は高くなり、メロリーのところへ向かおうと立ち上がった彼の身長は、メロリーの腰ほどまでに小さくなっていた。

「ロ、ロイド様……⁉　か、可愛い……！　じゃなくて、どうしてそんなに小さく……というか、幼くなって……⁉」

だいたい三、四歳だろうか。子どもの姿になったロイドに、メロリーは目を見開いた。

ルルーシュは目を素早く瞬かせ、アクシスはハァ……とため息をついている。

対して、幼いロイドはメロリーの目の前まで行くと、パァッと花が咲いたような笑みを浮かべた。

「子どもの姿で見ても、やはりメロリーは天使のように可愛いな」

「はい……!? そんなこと言ってる場合じゃありませんからね!? ……って、え!? ロイド様、中身はそのままなんですか……!?」

「焦るメロリーもかわいい――」

「旦那様?」

「……そう怒るな、ルルーシュ」

ルルーシュの背に、グォォォォ！ と燃え盛るような怖いオーラが見える。

口には出していないが、『さっさとメロリー様の質問に答えて状況を明らかにしろ』ということなのだろう。やはりルルーシュは強い。

「実は……」

それから、ロイドはこの状況に至るまでの説明をしてくれた。

朝起きたら、幼少期の姿になっていたこと。記憶はそのままだということ。自分の姿を鏡で見ていたところ、入室してきたアクシスが驚いてメロリーを呼びに行ったこと。

ロイドの話を聞いてようやく状況を呑み込めたメロリーは、腰を曲げてロイドと目線の高さを合わせた。

「話はだいたい分かりました。ロイド様、ご迷惑をおかけして申し訳ありません……」

「何故メロリーが謝るんだ?」

「何故って……ロイド様がこのお姿になったのは、十中八九私が作った薬のせいですから……。まつ毛が長くなるという効果が現れているところから察するに、おそらく副作用のせいで体が一時的に幼児化してしまったんじゃないかと……」

申し訳なさそうに告げれば、ロイドは小さい体でメロリーにぎゅっと抱き着いた。

「もしそうだとしても、悪いのはメロリーじゃない！　新薬を飲みたいと言って聞かなかったのは私だし、メロリーに可愛いと褒めてもらえただけで十分役得だ」

「や、役得ですか？」

「ああ。メロリーから可愛いと言ってもらえる機会を与えてくれて、むしろありがとう」

いやいやいやいや、まさか、え？

いくら何でもポジティブすぎるロイドにメロリーは口をぽかんと開け、その後すぐにアクシスとルルーシュの方に視線を移した。

きっとこの状況に、未だに焦ったり、心配そうにしていると思ったのだが……。

「副作用なら一時的のはずだし、まあいいか。とりあえず小さい服の調達をしないとね」

「こんなことまでできるなんて、さすがメロリー様です。感服いたしました」

「えっ」

アクシスは楽観的。ルルーシュは褒めてくる始末。

幼児化した当の本人であるロイドは相変わらずメロリーに抱き着いたまま、にっこりと微笑んだ可愛い顔で見上げている。

「というわけで、メロリー。さすがにこの姿で外には行けないが、私はせっかくの休日を君と過ごしたいんだ。構わないか？」

「そ、それはもちろんです！」

皆の反応を見ていると、ロイドが幼児化したことは大したことではないように思えてきた。いや、大事《おおごと》なのだが、副作用はそう遠くないうちに切れることを思えば、気持ちは軽くなる。

「あの、ロイド様……」

「ん？　どうした？」

……とはいえ、幼児化なんてしたら不便もあるだろう。

「ロイド様が幼くなっている間は、ぜひ私にお世話をさせてください！」

「は、え、うわっ」

突然メロリーに優しく抱き上げられたロイドは、驚きの声を上げたのだった。

◇◇◇

それから十数分後、メロリーはロイドとともに朝食をとっていた。

……否、厳密に言うと、ロイドに食事を与えていた。ロイドを自らの膝に座らせ、彼の口元まで食事を運び、あ～んという声をかけて。

「はい、ロイド様、あ～ん」

「あ～ん」

メロリーが世話をしたいと宣言した直後は、ロイドも戸惑っていた。

婚約者である女性に手を焼かせることに申し訳なさを覚えたのか、もしくは精神は大人だから世話などされなくても問題ないと思ったのだろう。

しかし、メロリーは一切引かなかった。

自分が作った薬の副作用で、ロイドは現在幼くなっているのだ。本人も周りもあまり深く気にしていないとはいえ、のほほんとはしていられなかった。

そして現在、メロリーの必死の説得もあって、ロイドはこうして世話をさせてくれているというわけだ。

(ふふ、ロイド様、可愛い……)

愛おしい婚約者が幼い姿になっているというだけで母性が擽られるというのに、その上今のロイドはまつ毛が長くなっていることもあって、絶世の美少年ならぬ絶世の美幼児になっている。

そんなロイドが自らの膝の上でもぐもぐとご飯を食べている姿は、まさに可愛いの最高峰。

これまでほとんど子どもと接することがなかったメロリーだったが、子どもってこんなに可愛いんだ……と知った瞬間であった。

「熱くないですか?」

「ああ……。メロリーが食べさせてくれる食事はこの世で最も美味しい……。咀嚼《そしゃく》するのがもったいない……。それに、メロリーのふと……もも……ぶほっ」

「ロイド様、大丈夫ですか……!?」

メロリーは噎《む》せてしまったロイドの背中を擦ると、飲み物が入ったティーカップを口元まで運んでやる。

何せ彼は現在、三、四歳の身体なのだ。

「ゆっくり飲みましょうね」

「あ、ああ、大丈夫……」

「あっ、ロイド様、口元にソースがついているので、少し失礼しますね」

食べさせ方が下手くそだったのだろう。ロイドの口の端についてしまったソースを手で拭うと、メロリーはそれをぺろりと舐めた。

「ふふ、やはりこのお屋敷のシェフが作ってくださる食事はとても美味しいですね！」

「なっ、舐めっ……ぐっ！」

悶絶するロイドに、メロリーはにこにことしながらも首を傾げた。


食事を終えてからは、メロリーの提案により、二人はソファに横並びに座ってゆっくりと過ごしていた。

ロイドは立場上、毎日多忙を極めている。慢性的に疲れているだろうから、こんな時くらい休んでほしかったのだ。

「それで、この前は――」

「……うん……」

たわいのない話をしていると、徐々にロイドの相槌《あいづち》が小さく、そしてゆっくりになっていく。

大きな瞳は細められ、上下に顔が揺れているところを見るに、睡魔に襲われているのだろう。

(普段から寝不足だもんね。それに、今は子どもの身体だから、より睡眠を必要とするのかな?)

何にせよ、こんな状態のロイドを放っておくわけにはいかない。

「ロイド様、寝室へ行かれますか? お運びしますが……」

「……いや……だ、メロリー……と……一緒に……いる……」

目を擦りながら、舌足らずな口調でロイドが話す。

「か、可愛い……って、そうじゃない!」

幼いロイドにメロメロになっている場合ではない。

メロリーは優しくロイドの肩を引き寄せると、彼の身体をコテンと横に倒し、自らの太ももの上に彼の小さな頭を乗せた。

「⁉」

「どうぞ私の足をお使いくださいね。少し寝づらいかもしれませんが……」

これならばロイドの要望通り一緒にいられるし、何もない状態で寝るよりは多少ましだろう。

(普段のロイド様にはこんなことできないけれど……今は子どもの姿だから恥ずかしくないしね)

ロイドがどんな顔をしているかは知らずに、メロリーは優しく彼の頭を撫で始めた。

いつもより柔らかな髪の毛はずっと触っていたくなる。まるで上質な絹のようだ。

メロリーは腰を曲げ、吸い込まれるようにしてロイドのこめかみに優しくキスを落とした。

「おやすみなさい、ロイド様」

「あ、あ、あ」

ロイドは今さっきまで、すぐにでも眠りについてしまいそうだったのだ。体を横にしたら睡魔に身を任せるまで秒読みだろうと思っていたのだが、ロイドから溢れたのは小刻みに震える上擦った声だった。

「ロイド様……？　どうし……」

「もう……だめだ……」

「？　我慢せずに眠ってくださって大丈夫ですよ？」

「そうじゃない……そうじゃ、なくて、こんなに甘やかされたら……」

ロイドは切なげに眉を顰めながら、胸を手で押さえる。

「メロリーへの愛が溢れて、どうにかなってしまいそうだ――！」

「えっ」

その瞬間、ぼわん！　という効果音がしたかのように、ロイドの身体からもくもくと煙のようなものが上がった。

いつの間にか太ももの上にあった重みが消え、ロイドが今着ていたはずの子ども用の服は、千切れてソファの下に落ちてしまっている。

「ロイド様、もしかして副作用が解けて――!?」

時間の経過により、煙のようなものが薄れる。

目の前に見えるのは、成人男性のシルエット。そして、幼児のものではない、やや焼けた肌の色。

そして、もう一度言おう。ロイドが今着ていたはずの子ども用の服は、千切れてソファの下に落ちてしまっており……。

「わー！　ロイド様!!　はっ、はだ、裸です……!!　何か、何か布ー!!」

「っ、すまない、メロリー！　しばらく目を閉じていてくれー!!」

直後、大声を聞きつけたアクシスとルーシュが部屋に入ると、耳を真っ赤にして両手で顔を覆うメロリーと、乱雑に破ったカーテンで身体にぐるぐる巻きにする元に戻ったロイドの姿があった。

愛する人から甘やかされるという幸せを得た代償に、ロイドはしばらくの間メロリーに目を合わせてもらえなかった。

そんな彼女を見て「目を合わせてもらえないのは淋しいが、恥ずかしがるメロリーは最高に可愛い」と豪語するロイドに、アクシスとルーシュは冷ややかな目を向けたのだった。

勇者の妹に転生しましたが、
これって「モブ」ってことでいいんですよね？
KUNOE KAZAMI 風見くのえ
ILLUSTRATION Shabon
フェアリーキス
NOW ON SALE
シスコン勇者、華麗に爆誕!?
辺境の村で拾われて育った少女シロナ。兄代わりのクリスは超絶美形なうえに誰よりも強いが、妹以外に一切の興味がない強烈なシスコンだった。そんな彼が神託により魔王討伐のリーダーたる『勇者』に選ばれ、シロナまで一行に加わるはめに。道中ではクリスに横恋慕する聖女から嫉妬されたり、同行する騎士に想いを寄せられたりとてんやわんや！ さらにクリスから「兄妹じゃなくても一緒にいたい」と言われ、意外な告白にドキドキしちゃって……!?
フェアリーキス
ピュア
fairy kiss
Jパブリッシング　https://www.j-publishing.co.jp/fairykiss/　定価：1430円（税込）

コミカライズ
大好評連載中
万能女中コニー・ヴィレ
All-round Maid Connie Wille
百七花亭
Illustration krage

一年で離縁されましたが、
元夫がなぜか私を探しているようです
身代わり
悪女の
契約結婚
櫻井みこと
Micoto Sakurai
Illustration
チドリアシ
彼女は、私の妻だ。
必ず探し出す――。
フェアリーキス
NOW ON SALE

お助けキャラも楽じゃない
otasuke chara mo raku jyanai
コミカライズ企画進行中!
作画：櫻庭まち
Hanamatsusato
花待里
Illustration
櫻庭まち
フェアリーキス
NOW ON SALE
万能女官、
騎士様に外堀埋められる
王子妃を決める選考会で、女官のアナベルが担当することになったのは、言動がヤバいと評判の男爵令嬢キャロル。「スパダリランス様キタコレー!!　転生して良かったぁぁ!!」謎の言語の数々に、冷静沈着な万能女官アナベルもさすがに引き気味。苦労が耐えない日々の中、騎士ランスに支えられ彼との距離も縮まっていくが……。選考会の裏で進行する陰謀からアナベルを守ろうとする筋肉騎士団、腹黒王子ルイスの思惑も交錯して選考会は大波乱!?
フェアリーキスピュア
fairy kiss
Jパブリッシング　https://www.j-publishing.co.jp/fairykiss/　定価：1430円（税込）

妹の引き立て役だった私が冷酷辺境伯に嫁いだ結果
天然魔女は彼の偏愛に気づかない

著者　櫻田りん
イラストレーター　麻先みち

2025年5月5日　初版発行

発行人　藤居幸嗣

発行所　株式会社 J パブリッシング
〒102-0073　東京都千代田区九段北3-2-5 5F
TEL 03-3288-7907　FAX 03-3288-7880

製版所　株式会社サンシン企画

印刷所　中央精版印刷株式会社

ISBN：978-4-86669-763-5
Printed in JAPAN